일본문학의 이해

최순육·노희진 저

제이앤씨
Publishing Company

머리말

"대학시절에 좀 더 많이 책을 읽어두었으면 좋았을 텐데" 하는 아쉬움을 사회의 일원이 된 졸업생들에게 많이 듣는다. 두 번 다시 돌아오지 않는 대학 4년간 그 귀중한 시간의 한 모퉁이에서 일본문학을 접해볼 수 있는 소중한 추억이 되기를 바라는 마음에서 이 책을 엮어 보았다.

자유로이 쓸 수 있는 시간이 많은 청춘시절이기에 더욱 미지의 세계, 일본문학의 세계에 차분하게 여유롭게 푸욱 잠겨보면 어떨지…

이 책은 일본어를 1년여 간 배운 학생들과 교양으로서 일본문학을 접하고자 하는 학생들에게 일본·일본인을 이해하는 즐거움을 주기위해 일본문학을 소개하는 것을 목적으로 하고 있다.

소개된 일본문학 작품은 명문장을 중심으로 고전문학 12편, 근대문학 20편의 작품 그리고 하이쿠와 시로 구성되어 있는데, 그 목적은 고전에서 근·현대 일본문학의 대표적 작품의 명문장을 감상하여, 일본문학에 대한 깊은 흥미를 갖게 하는 길라잡이 역할을 하게 하기 위한 것이다.

고전문학은 고전한다는 통념을 깨고 재미있는 명작, 명문장 중심으로 선정하였다. 근·현대문학 역시 일본·일본인 이해에 도움이 되는 작품 중 반드시 필요하다고 생각되는 작품들을 산문과 운문을 구분하여 편성하였다.

학습자의 편의를 위해 작품에 대한 해설과 저자소개를, 원문이 고전일 경우는 현대일본어역을 덧붙였으며, 본문 번역을 최대한 직역하였다. 또한 이 책에 선정된 작품들의 경우, 영화는 물론 애니메이션 등으로 많은 작품이 영상화되어 있으므로 영상매체를 활용하여 더욱 큰 학습효과를 얻을 수 있기를 기대한다.

　모쪼록 즐겁고 재미있게 일본문학을 접하여 한 작품이라도 찬찬히 음미할 수 있는 귀중한 계기가 되길 바란다.

　특히 이 책이 세상에 모습을 드러낼 수 있게 도와주신 제이앤씨의 윤석현 사장님과 편집부 여러분께 진심으로 감사의 마음을 전하고 싶다.

2014년 3월 25일
복숭아꽃 흐드러진 소사언덕 명헌관에서
최순욱

일러두기

❶ [일본문학의 이해] 수업 교재용으로 만들었다.

❷ 일본어를 1년여 간 배운 학생들과 교양으로서 일본문학을 접하고자 하는 학생들에게
  일본문학을 소개하는 것을 목적으로 한다.

❸ 고전부터 근대에 이르는 작품을 선정하였기 때문에 한 학기 수업을 통해 대표적인
  작품을 접할 수 있는 기회를 제공하고자 한다.

❹ 고전문학 12작품과 근대문학 20작품, 그리고 하이쿠와 시로 구성되었다.

❺ 본문은 작가와 작품 개요 및 각 작품 서두를 소개한다.
  작품 서두는 원문을 삽입하였다.

❻ 원문의 번역문은 학습하는 학생들을 위해 최대한 직역하였음을 밝혀두는 바이다.

❼ 고전 원문은 岩波書店 旧版 『日本古典文学大系』의 본문을 이용하였고, 근대작품의 경
  우는 青空文庫의 본문을 이용하였다.
  이밖에도 다음의 서적들을 참고하였다.

  ❖ 『声に出して詠みたい日本語』 斎藤孝, 草思社

  ❖ 『日本の名著』 小川義男 編, 楽書館

  ❖ 『日本文学名作事典』 三省堂

  ❖ 『고바야시 잇사 하이쿠선집』 최충희 편저, 태학사

  ❖ 『하이쿠와 일본적 감성』 유옥희, 제이앤씨

❽ 더 많은 시와 일본문학에 대해 알고 싶다면 부록을 참고하기 바란다.
  부록에는 일본 중·고등학교 국어교과서에 수록된 詩와 俳句, 그리고 短歌를 소개하였
  다. 『教科書でおぼえた名詩』文春ネスコ 2002년 第14刷를 참고하였으며, 青空文庫의 본문을
  인용하였다.

❾ 부록에 참고도판과 여러 그림 자료를 첨부하였고, 일부는 일본 국문학자료관의 화상
  갤러리의 자료를 인용하였다.

목차

- **머리말** ⋯ 3
- **일러두기** ⋯ 5

1. 『가구야공주이야기竹取物語』 —————————————— 009
2. 『이세모노가타리伊勢物語』┃아리와라노 나리히라 在原業平 —— 011
3. 『도사닛키土佐日記』┃기노츠라유키 紀貫之 —————————— 015
4. 『마쿠라노소시枕草子』┃세이쇼나곤 清少納言 ———————— 017
5. 『겐지이야기源氏物語』┃무라사키시키부 紫式部 ——————— 020
6. 『사라시나닛키更級日記』┃스가와라노 다카스에노 무스메 菅原孝標女 —— 023
7. 『헤이케모노가타리平家物語』 ———————————————— 025
8. 『츠레즈레구사徒然草』┃요시다 켄코 吉田兼好 ——————— 029
9. 『호죠키方丈記』┃가모노 쵸메이 鴨長明 —————————— 032
10. 『오쿠노호소미치奥の細道』┃마츠오 바쇼 松尾芭蕉 ————— 035
11. 『소네자키신쥬曾根崎心中』┃치카마츠 몬자에몽 近松門左衛門 —— 041
12. 『우키요부로浮世風呂』┃시키테이 삼바 式亭三馬 —————— 045
13. 『뜬 구름浮雲』┃후타바테이 시메이 二葉亭四迷 —————— 049
14. 『무희舞姫』·『산쇼다유山椒大夫』┃모리 오가이 森鷗外 ——— 053
15. 『유메쥬야夢十夜』 외 『坊っちゃん』『吾輩は猫である』┃나쓰메 소세키 夏目漱石 ——— 058
16. 『암야행로暗夜行路』┃시가 나오야 志賀直哉 ——————— 061
17. 「첫사랑初恋」┃시마자키 도손 島崎藤村 ————————— 063
18. 『키 재기たけくらべ』┃히구치 이치요 樋口一葉 —————— 066
19. 「해변의 사랑海辺の恋」┃사토 하루오 佐藤春夫 ————— 070

20. 「자장가揺籃の歌」 ▌기타하라 하쿠슈 北原白秋 ──────────── 074

21. 「재난震災」 ▌나가이 가후 永井荷風 ──────────── 076

22. 『거미줄蜘蛛の糸』 외 『杜子春』『蜜柑』 ▌아쿠타가와 류노스케 芥川龍之介 ──────── 079

23. 『쿠사메이큐草迷宮』 ▌이즈미 교카 泉鏡花 ──────────── 083

24. 「비에도 지지 않고雨ニモマケズ」 외 『風の又三郎』 ▌미야자와 겐지 宮沢賢治 ──────── 086

25. 『어떤 여자或る女』 ▌아리시마 다케오 有島武郎 ──────────── 093

26. 『설국雪国』·『이즈의 무희伊豆の踊子』 ▌가와바타 야스나리 川端康成 ──────── 096

27. 『슌킨이야기春琴抄』 ▌다니자키 준이치로 谷崎潤一郎 ──────────── 099

28. 『바람이 일다風たちぬ』 ▌호리 다쓰오 堀辰雄 ──────────── 102

29. 『사양斜陽』 ▌다자이 오사무 太宰治 ──────────── 105

30. 『금각사金閣寺』 ▌미시마 유키오 三島由起夫 ──────────── 108

31. 「우울한 고양이青猫」·「대나무竹」 ▌하기와라 사쿠타로 萩原朔太郎 ──────── 110

32. 「풍어大魚」 외 「こだまでしょうか」·「生きること」 ▌가네코 미스즈 金子みすず ──────── 114

33. 「후지富士」 ▌가네코 미쓰하루 金子光晴 ──────────── 119

34. 日本의 하이쿠俳句 ▌고바야시 잇사 小林一茶·마사오카 시키 正岡子規 ──────── 123

35. 「도정道程」 ▌다카무라 고타로 高村光太郎 ──────────── 127

▪ **부록**　　…　129
▪ **색인**　　…　191

일본문학의 이해

〖1〗『가구야공주이야기 竹取物語』

　『가구야공주이야기竹取物語』는 일본에 현존하는 가장 오래된 이야기로, 대나무장수이야기라는 뜻이다. 대나무 장수 할아버지 이야기竹取翁物語, 또는 가구야공주이야기かぐや姫物語라고 부르기도 한다. 성립연대는 물론 지은이도 알 수 없다. 일본 표음문자인 가나仮名로 쓰인 첫 작품이기도 하다.

　일본 고대 가요집인『만요슈万葉集』16권 3791번째 노래에「대나무장수 노인이 선녀를 부른다」라는 구절이 있기 때문에 서로 관계가 있다고 보기도 한다. 또한『가구야공주이야기竹取物語』는 그 시기까지의 구전설화의 좋은 점을 능숙하게 편집하여 하나의 이야기로 정리하고 있다. 이것은 소재를 얼마나 잘 구성해야 하는지 가르쳐 주는 작품으로 문학의 매력이기도 하다.「지금은 옛날今は昔」로 시작하는 부분은,「옛날 옛날昔むかし」로 시작하는 오토기바나시御伽噺의 느긋함에는 없는 정감과 리얼리티가 있다.「이제는 이미 옛날일이 되버렸지만 － 今となってはもう昔のことになってしまったが」이라는 개탄을「지금은 옛날 － いまは昔」로 응축시켜, 이야기 전체에 정감을 채우는 방법은 과거를 이야기하는 매력적인 문학 표현의 한 방법이기도 하다.

一　かぐや姫の生ひ立ち

　いまは昔、竹取の翁といふもの有(り)けり。野山にまじりて竹を取りつゝ、よろづの事に使ひけり。名をば、さかきの造となむいひける。その竹の中に、もと光る竹なむ一筋ありける。あやしがりて寄りて見るに、筒の中光りたり。
それを見れば、三寸ばかりなる人、いとうつくしうてゐたり。

▌현대어 역▌

一．　かぐや姫の生ひ立ち

　今ではもう昔のこと、竹取のおきなと呼ばれる人がいた。野山に入って竹をとり、いろいろなことに使っていた。竹の中に根本の光る竹が一本あった。不思議に思い、近づいて見ると、三寸ほどの人がたいそうかわいらしい姿で座っていた。

▌번역문▌

1. 가구야공주의 성장기

　지금은 이미 옛날 일로 대나무 할아버지라 불리는 사람이 있었다. 들과 산에 나아가 대나무를 캐오고, 여러 가지 일을 하였다. 캐온 대나무 뿌리에서 빛이 나는 한 뿌리의 대나무가 있었다. 이상하게 생각되어 가까이 가 보니 약 10센티미터 정도의 아기가 매우 귀여운 모습으로 앉아 있었다.

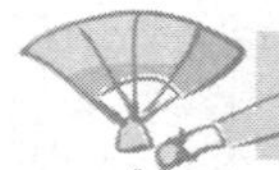

낱말풀이

おきな	옹. 늙은 남자. 남자 노인에 대한 높임말.
根本(ねもと)	뿌리. 밑 부분. 밑동. 밑둥치
不思議(ふしぎ)	이상함. 불가사의
三寸(さんずん)	一寸(いっすん)은 약 3.33㎝, 즉 약 10㎝.

《 2 》『이세모노가타리 伊勢物語』

아리와라노 나리히라 在原業平
825년~880년

작자미상으로 아리와라노 나리히라在原業平를 연상하게 하는 남자의 일대기를 나리히라業平의 노래를 중심으로 그린 우타모노가타리歌物語이다. 전본傳本에 따라 약간의 차이는 있지만 일반적으로 125단으로 구성되며, 총210수의 와카和歌를 포함한다. 대부분의 단이 "옛날 어떤 남자昔, 男……"로 시작되며, 연애·우정·이별 등 다양한 내용을 와카和歌를 중심으로 전개시키고 있다. 성립에 관해서는 몇 단계를 거쳐 완성되었다고 보는 증보 과정설이 유력하다. 나리히라業平의 와카和歌를 중심으로 쓰인 『이세모노가타리伊勢物語』가 10세기 초에 성립되었을 것으로 판단되며, 이후 증보 과정을 거쳐 11세기 초에 현존하는 형태로 완성되었을 것으로 추정하는 설이다.

■ 在原業平 _아리와라노 나리히라

九

　むかし、おとこありけり。そのおとこ、身をえうなき物に思ひなして、京にはあらじ、あづまの方に住むべき國求めにとて行きけり。もとより友とする人ひとりふたりしていきけり。道知れる人もなくて、まどひいきけり。三河の國、八橋といふ所にいたりぬ。そこを八橋といひけるは、水ゆく河の蜘蛛手なれば、橋を八つわたせるによりてなむ八橋といひける。その澤のほとりの木の蔭に下りゐて、乾飯食ひけり。その澤にかきつばたいとおもしろく咲きたり。それを見て、ある人のいはく、「かきつばたといふ五文字を句の上にすへて、旅の心をよめ」といひければ、よめる。

　から衣きつゝなれにしつましあればはるばるきぬる旅をしぞ思ふ〈9段・東下り〉

▎현대어 역▎

　昔、一人の男がいた。男は自分が用のない存在に思え、東国に居を求めようとわずかの友を連れて出かけた。三河の国の八ツ橋というところに出た。川が蜘蛛手に分かれ橋を八つかけているから八ツ橋と言う。その沢に杜若（かきつばた）が趣き深く咲いているのを見てある人が、「かきつばたの五文字を入れて旅の思いを詠め」と言ったので、男は次のように詠んだ。「着慣れた唐衣のように慣れ親しんだ京の妻を思うと、ここまで来た旅の遠さが思われる。」〈9段〉

▎번역문▎

　옛날에 어떤 남자가 있었다. 남자는 자기 스스로 필요 없는 존재라 여겨 관동지방으로 살 집을 구하러 약간의 친구들을 이끌고 길을 떠났다. 愛知県의 八ツ橋라는 곳에 이르렀다. 강의 줄기가 마치 거미의 발처럼 여덟 갈래로 나뉘어 흘러 八ツ橋라고 부르는 것이다. 그 강의 얕은 못에 제비붓꽃이 아주 멋있게 피어있는 것을 보고 어떤 사람이 "かきつばた(제비붓꽃) 다섯 자를 넣어 여행의 소감을 읊어보라 하자, 그 남자는 다음과 같이 읊었다. "입어서 편해진 唐衣처럼 익숙하고 친근한 교토의 부인을 생각하면, 여기까지 온 것이 얼마나 먼 여행이었나 생각하게 된다."

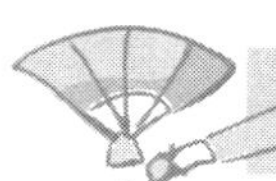

낱말풀이

東国(あずまのくに)	동쪽에 있는 나라. 近畿(긴키)지방을 기준으로 동쪽지방.
三河の国(みかわのくに)	옛 지방 이름 (지금의 愛知県(아이치현)의 동쪽 반(半))
蜘蛛(くも)	거미
杜若(かきつばた)	제비붓꽃. 연자화
趣(おもむ)き	멋. 풍취. 아취. 느낌. 분위기
唐衣(からぎぬ)	당의
	중세(中世)의 여자 예복의 하나. 十二単의 제일 겉에 입는 짧은 비단옷.

月やあらぬ春や昔の春ならぬわが身ひとつはもとの身にして(4段)

│현대어 역│

月も春も昔と同じではないのに私の身ばかり昔と同じだ。(4段)

│번역문│

달도 봄도 옛날과 같지 않은데 내 몸만은 옛날과 같구나.

筒井つの井筒にかけしまろがたけ過ぎにけらしな妹見ざるまに女、返し、くらべこし振分
髪も肩すぎぬ君ならずして誰かあぐべきなどいひ(23段)

│현대어 역│

井戸の縁に足りなかった私の背があなたを見ないうちの越した。
長さを比べた振り分け髪も肩を越し、あなた以外誰のために髪を上げましょう。(23段)

│번역문│

"우물의 키에도 못 미쳤던 내 키가 당신을 보지 않는 사이에 이렇게 훌쩍 넘어버렸다"
라 하니, 답가로 "길이를 비교했던 양 갈래 머리가 어깨를 넘겼습니다. 당신 말고 누구를 위해 머리를 올려야 할까요?"라 답하였다.

낱말풀이

井戸 (いど)	우물
縁 (えん)	사물의 가장자리.
足りる (たりる)	충분하다. 족하다. 충족되다.
越す (こす)	넘다. 넘기다. 건너다. 추월하다. 앞서다. 지나다. 넘다.
振り分け髪 (ふりわけがみ)	여아. 남아의 머리형태의 하나.
	머리를 어깨까지 잘라, 좌우로 가르마를 타 나누어 묶어 늘어뜨린 형태.

『이세모노가타리伊勢物語』는 "응축된 허무함"의 퍼즐 같은 작품이다. 125단의 독립된 이야기로 생각 할 수도 있지만, 전체를 하나의 이야기로 볼 수도 있다. 한단 한단은 놀라울 정도로 짧아 심지어 2행으로 구성된 단段도 있다. 9段 아즈마쿠다리東下り에서 "자신이 이 세상에 필요 없는 존재라 여기고 관동지방으로 내려갔다"는 스스로 필요 없는 존재라 마음속으로 굳게 정했다는 것이고, 이것은 때가 되어 "물러 난다"라는 삶의 미학을 나타내는 것이라 할 수 있다. 인생의 허무함을 적극적으로 감상 할 수 있는 이야기이다. 이야기는 짧아도 탄탄하게 구성된 줄거리를 갖고 있으며, 또한 읽는 이들의 상상력을 자극하고, 그것이 커져 드라마나 소설로 만들 수 있는 매력도 있는 작품이다. 데즈카 오사무手塚治虫는 6번째 이야기 아쿠타가와芥川를 각색하여 『불새火の鳥』로 다시 만들어냈다. 『이세모노가타리伊勢物語』의 와카和歌는 응축된 시詩의 형식이기 때문에 전후의 문맥을 상상하게 하는 힘이 있다.

《 3 》 『도사닛키土佐日記』

기노츠라유키 紀貫之
868년~945년

『도사닛키土佐日記』는 기노츠라유키紀貫之가 도사국土佐国에서 교토京都로 돌아가는 도중에 일어난 사건에 허구를 넣어 구성한 일기문학이다. 성립은 죠헤이承平5년935년 경으로 여겨진다. 그 이전에는 『도사닛키土左日記』로 표기되었고, 일본 문학사상 최초의 일기문학이다. 기행문에 가까운 요소를 갖고 있고 가나仮名로 쓰였으며, 특히 여류문학 발달에 큰 영향을 주었다. 『가게로닛키蜻蛉日記』·『이즈미시키부닛키和泉式部日記』·『무라사키시키부닛키紫式部日記』·『사라시나닛키更級日記』

■ 紀貫之 _기노츠라유키

등의 작품에도 영향을 끼쳤을 가능성은 높다.

　『도사닛키土佐日記』는 새로운 표현형식을 개척한 작품이다. 남자인 작가가 여성 입장에서 소설을 쓴 스타일로 오늘날에는 자주 볼 수 있지만, 그런 허구를 처음 시도한 기노츠라유키紀貫之는 일본 문학사상 이름을 남기려는 야심도 있지 않았나 생각된다.

をとこもすなる日記といふものを、をむなもしてみんとてするなり。それのとしのしはすの
はつかあまりひとひのひのいぬのときに、かどです。そのよし、いさゝかにものにかきつく。

┃현대어 역┃

男の人も書くという日記を女の私も書いてみようとしています。ある年の12月21日　午後8
時頃出発しますので、そのことを多少書きましょう。

┃번역문┃

남자도 쓴다는 일기를 여자인 나도 써보려고 하고 있습니다. 어느 해 12월 21일 오후 8시
경 출발할 것이므로 그것에 대해 다소 쓰려 합니다.

《4》 『마쿠라노소시 枕草子』

세이쇼나곤 清少納言
生沒年未詳

『마쿠라노소시枕草子』는 10세기 말에서 11세기 초에 걸쳐 세이쇼나곤清少納言에 의해 쓰였다. 다양한 장단의 문장으로 약 300단에 이른다. 궁정생활에서 듣고 본 일이나 감상을 여성의 시각으로 간결한 표현과 가볍고 재치 있는 기지로 묘사하고 있다. 최초의 수필문학으로 『겐지이야기源氏物語』와 함께 헤이

■ 清少納言 _세이쇼나곤

안시대平安時代를 대표하는 작품으로 손꼽히며, 후대의 문학에도 많은 영향을 끼쳤다.

세이쇼나곤清少納言은 헤이안平安 중기의 여류 수필가이며, 가인歌人으로 유명한 기요하라노 모토스케清原元輔의 딸로 태어났다. 세이쇼나곤清少納言이라는 이름은 기요하라清原 씨의 기요清와 궁궐에서의 호칭인 쇼나곤少納言이 더해진 것이다. 다치바나노 노리미쓰橘則光와 결혼하여 자식을 하나 얻었지만, 사별하고 이치죠천황一条天皇의 중궁中宮인 데이시定子 곁에서 시중을 들었다. 『마쿠라노소시枕草子』는 10년간의 궁정생활 체험을 소재로 하여 기록한 것이다. 그밖에 가집 『세이쇼나곤슈清少納言集』가 있다.

　서명의 유래는 세이쇼나곤清少納言이 모시던 중궁中宮 데이시定子가 오빠 고레치카伊周에게 받은 많은 종이에 무엇을 쓸까하여 망설이고 있을 때, 세이쇼나곤清少納言은 "베개이지요まくらにこそ侍らめ"라고 제안했다고 한다. 세이쇼나곤清少納言이 황제가 『사기史記』를 서사書写한 일에 빗대어 이야기한 것인데, 『사기史記』는 일본어로 '시키しき'라고 발음되며 동음인 '시키敷き'는 '아래에 까는 것'을 의미한다. 다시 말해서 '시키しき'는 침구인 '요'를 뜻하며, 세이쇼나곤清少納言이 제안한 '마쿠라まくら'는 '베개'를 뜻한다. 요에 베개가 더해지면 구색이 갖춰지는 것이므로 데이시定子는 세이쇼나곤清少納言의 기지에 감동하여 그 종이를 하사했다. 그 종이에 기록한 글이 『마쿠라노소시枕草子』가 된 것이라고 한다. 하지만 '마쿠라まくら'의 의미에 대해서는 또 다른 견해도 있다.

　春はあけぼの。やうやうしろくなり行く、山ぎはすこしあかりて、むらさきだちたる雲のほそくたなびきたる。

　夏はよる。月の頃はさらなり、やみもなほ、ほたるの多く飛びちがひたる。また、ただひとつふたつなど、ほのかにうちひかりて行くもをかし。雨など降るもをかし。

　秋は夕暮。夕日のさして山のはいとちかうなりたるに、からすのねどころへ行くとて、みつよつ、ふたつみつなどとびいそぐさへあはれなり。まいて雁などのつらねたるが、いとちひさくみゆるはいとをかし。日入りはてて、風の音むしのねなど、はたいふべきにあらず。

　冬はつとめて。雪の降りたるはいふべきにもあらず、霜のいとしろきも、またさらでもいと寒きに、火などいそぎおこして、炭もてわたるもいとつきづき

　春は曙。しだいに空が白み、稜線に紫の雲がなびくのがよい。夏は夜。月夜がよいが、闇夜に蛍が飛んだり、雨の夜も風情がある。秋は夕暮れ。ねぐらに急ぐ烏や雁の飛ぶ姿、日が落ちて風や虫の音が聞こえてくるのもよい。冬は早朝。雪の降る朝はもちろん、霧の朝に急いで火を熾して、炭を持ち運ぶ姿もよい。昼になって寒さがゆるみ、火桶の炭が白い灰がちになるのはみっともない。

┃번역문┃

봄은 새벽이 좋다. 점점 하늘이 밝아지고 능선의 보랏빛 구름 사이로 나부끼는 것이 좋다. 여름은 밤이 좋다. 달밤이 좋은 것은 깜깜한 밤에 반디가 날아다니고, 비 내리는 밤도 그 풍취가 있다. 가을밤은 해질녘이 좋다. 둥지로 서둘러 돌아가는 까마귀나 기러기의 나는 모습, 해가 저물어 바람이나 벌레 소리가 들려오는 것도 좋다. 겨울은 이른 아침이 좋다. 눈 내린 아침은 물론 서리 내린 아침에 서둘러 불을 지피고 숯을 나르는 모습도 좋다. 낮이 되어 추위가 누그러지고 화로의 숯이 하얀 재가 되는 것은 보기 싫다.

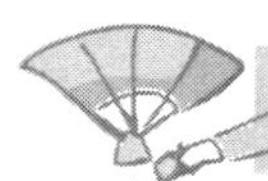

낱말풀이

曙 (あけぼの)	새벽. 밝은 녘
闇夜 (やみよ)	암야. 캄캄한 밤
蛍 (ほたる)	개똥벌레 반디
風情 (ふうじょう)	풍취. 멋. 아취
夕暮れ (ゆうぐれ)	해질 녘. 황혼
熾す (おこ)	불을 일으키다. 불을 피우다.
火桶 (ひおけ)	나무로 만든 둥근 화로.

세이쇼나곤清少納言(せいしょうなごん)은 감수성이 풍부했다. 요즘 이야기하는 EQ 즉 감성지수가 높았던 것이다. 깊은 감정을 동반하는 「아와레あはれ」와는 다른, 지적감각에 의한 「오카시をかし」의 가치판단 스타일을 만들어낸 것이다. 좋은 것은 좋다고, 싫은 것은 싫다고 명확히 표현하는 것은 작품의 독특한 개성이라 하겠다. 그 표현 중 [가깝고도 먼 것으로]―형제·자매·친척―이라 예를 들고 있고, [멀고도 가까운 것으로]―극락·뱃길·남녀사이―라 표현하고 있다. 이렇듯 항상 구체적인 예를 들어 간결하게 표현하는 솜씨는 훌륭하다.

《5》『겐지이야기源氏物語』

무라사키시키부紫式部

生沒年未詳

　『겐지이야기源氏物語』는 일본 헤이안平安 중기11세기에 쓰여진 소설이다. 작가는 통상 무라사키시키부紫式部라 여겨지지만, 복수 작가설, 후대 창작설도 있다. 54첩에 달하는 장편으로 800여수의 와카和歌가 포함되어 있다. 일본 문학의 여명기를 장식한 최고最古 걸작이라는 의견도 있다. 이야기는 헤이안平安시대를 배경으로 황태자로 태어

▌紫式部 _무라사키시키부

났지만 신하계급으로까지 떨어진 히카루겐지光源氏와 그의 아들 세대까지의 이야기이다. 등장인물은 약 500여명에 달하고 시간적 배경 또한 4대에 걸친 약 70년간이다. 작자는 궁정 귀족사회의 여러 현상과, 인간의 운명을 깊고 예리하게 응시하고 있다. 성격묘사나 자연묘사에서 세세한 부분까지 빛을 발하는 완성도가 높은 작품이다.

　무라사키시키부紫式部는 헤이안平安시대 중기 여성작가이며 가인歌人이고, 『겐지이야기源氏物語』의 작가로 생각된다. 중고삼십육가선中古三十六歌仙, 뇨보삼십육가선女房三十六歌仙의 한

사람이다. 『오구라햐쿠닌잇슈小倉百人一首』에도 「겨우 모습이 보였다고 생각했는데 그 모습을 기억할 시간도 주지 않고, 바로 구름에 숨어버리는 달과 같이 당신은 오랜만에 오셨는데 벌써 돌아가시는 군요. 당신은 틀림없이 예전부터 알고 있던 당신이지만, 확인할 시간도 없이 후다닥 가버리시는 군요. ― めぐりあひて見しやそれともわかぬまに雲がくれにし夜半の月かな」라는 우타歌가 실려 있다. 학자이자 시인인 후지와라노 타메토키藤原為時의 딸로 후지와라노 노부다카藤原宣孝와 결혼하였다. 딸 하나를 낳았으며, 남편의 사망 후 궁중의 부름을 받아 이치죠천황一条天皇의 중궁中宮인 후지와라노 쇼시藤原彰子를 모시는 기간 중 『겐지이야기源氏物語』를 기록했다.

桐壺

いづれの御時にか。女御・更衣あまたさぶらひ給ひけるなかに、いと、やむごとなき際にはあらぬが、すぐれて時めき給ふありけり。はじめより、「われは」と、思ひあがり給へる御かたがた、めざましき者におとしめそねみたまふ。おなじ程、それより下臈の更衣たちは、まして、安からず。

┃현대어 역┃

きりつぼ

いつの御世であったか、多くの女御や更衣がお仕えする中に、身分は大したことなくて目立って寵愛を受ける方がいた。入内当初から自分こそは寵愛をと思い決めていた女御方はその方を蔑んだり貶めたり、同格や身分の低い更衣たちはいっそう心穏やかでない。

┃번역문┃

기리쓰보

그때가 언제였는지 많은 후궁과 빈이 있던 궁궐 안에 신분은 그리 대단하지 않지만, 천황의 총애를 한 몸에 받고 있던 후궁이 있어 궁궐 안이 소란스러웠다. 다들 입궁 전부터 천황의 총애는 자신의 것이라 생각했던 후궁들이라 그녀를 업신여기고 멸시했다. 지위가 같거나 신분이 좀 아래인 궁녀들은 오히려 더 유하지 않았다.

낱말풀이

女御 (にょうご)	헤이안(平安)시대에, 중궁(中宮)에 버금가는 후궁(後宮)(更衣보다 위임)
更衣 (こうい)	옛날, 후궁의 궁녀인 여관(女官)의 하나 '女御' 다음 가는 자리.
目立つ (めたつ)	눈에 띄다. 두드러지다.
寵愛を受ける (ちょうあいをうける)	(왕의) 총애를 받다.
入内 (じゅだい)	황후가 [중궁이] 될 사람이 정식으로 궁중에 들어가는 것.
蔑む (さげす)	깔보다. 얕보다. 업신여기다.
貶める (おとし)	얕보다. 깔보다. 멸시하다.
心穏やかだ (こころおだ)	마음이 평온하다.

이 부분은 백거이白居易의 장한가長恨歌에서 모티브를 얻은 것으로 생각되지만, 미카도帝의 총애를 받았던 기리쓰보桐壺 고이更衣(히카루겐지光源氏의 친어머니)의 덧없는 인생의 모습이 잘 묘사되어 있다. 어린 시절 어머니를 여읜 히카루겐지光源氏는 돌아가신 어머니를 쏙 빼닮은 새어머니 후지쓰보藤壺를 사랑하게 된다. 이루어질 수 없고 해서는 안 되는 이 사랑의 행방이 일본 최고最古 장편소설인『겐지이야기源氏物語』전체에 흐르고 있다. 또한 히카루겐지光源氏는 기리쓰보桐壺를 쏙 빼닮은 소녀를 자신의 이상적인 부인 무라사키우에紫上로 만들어낸다. 자신의 생모와 닮은 두 사람의 등장은 줄거리에 중요한 부분이다.

【6】『사라시나닛키更級日記』

스가와라노 다카스에노 무스메 菅原孝標女
1008~?

『사라시나닛키更級日記』는 헤이안平安 중기에 쓰여진 회상록이다. 작자는 스가와라노 미치자네菅原道真 5대손인 스가와라노 다카스에菅原孝標의 차녀인 스가와라노 다카스에노 무스메菅原孝標女이다. 어머니의 이복 언니는 『가게로닛키蜻蛉日記』의 작자이다. 스가와라노 다카스에노 무스메菅原孝標女가 13세인 칸닌寬仁4년1020년부터 52세경인 고헤이康平2년1059년까지의 약 40년간이 기록되어 있다. 모두 1권으로 헤이안平安시대 여류일기문학의 대표작 중 하나이며, 에도江戸시대에는 널리 유통되어 읽혔다. 소녀시절부터 약 40여 년간의 인생을 회상한 기록으로, 말하자면 [꿈꾸는 문학소녀의 애달픈 일대기 ― 夢見がちな文学少女の切ない一代記]라 할 수 있다. 또한 이 소녀는 세상에 많다는 소설을 전부 읽고 싶다고 약사불薬師仏에게 빌었다. 그렇게 소원하던 『겐지이야기源氏物語』를 읽은 후 「황후도 무엇인가는 고민이 있다. ― 后のくらゐも何かはせむ」라 말하고 있다. 이 귀여운 소녀가 늦은 결혼을 했지만 노년에 남편이 먼저 세상을 떠나 비탄에 잠겼고, 그 마음을 다음과 같이 읊고 있다. 「달도 떠서 어둠도 진 오바스테姨捨산에 어째서 오늘밤 당신이 찾아오셨는지요? ― 月もいでて闇にくれたる姨捨になにとて今宵たづねきつらむ」. 이 詩에서 자신을 오바스테姨捨산에 비유하고 있다. 도대체 무엇이 그녀의 신변에 일어난 것일까? 더 읽고 싶어지는 구성이다.

かどで

あづまぢの道のはてよりも、猶おくつかたに生いでたる人、いか許かはあやしかりけむを、いかに思ひはじめける事にか、世の中に物語といふ物のあんなるを、いかで見ばやと思ひつ、

▌현대어 역▌

出発

東国の奥の方で生まれ育った私は、どんなに田舎者であったことか。それがどうしたことか世の中に物語というものがあるのを、なんとしても見たいと思うようになり。

▌번역문▌

출발

히타치노구니常陸国(지금의 이바라키현茨城県)의 외딴 오지에서 태어나 자란 내가 얼마나 초라하고 볼품없는 촌사람이었겠습니까? 그리고 세상에는 [이야기]라는 것이 있는 듯한데, 나는 무슨 일이 있어도 그것을 읽고 싶다고 생각하게 되었습니다.

낱말풀이

東国の奥の方	常陸国. 지금의 茨城県이다.
田舎者	시골 촌놈.

《7》『헤이케모노가타리^{へいけ ものがたり}平家物語』

『헤이케모노가타리^{へいけものがたり}平家物語』는 가마쿠라^{かまくら}시대에 성립했다고 여겨지며 헤이케^{へいけ}平家 집안의 영화와 몰락을 그린 군키모노가타리^{ぐんき ものがたり}軍記物語이다. 호겐^{ほうげん}保元의 난·헤이지^{へいじ}平治의 난 승리 이후의 헤이케^{へいけ}平家 집안과 전쟁에 패한 미나모토게^{みなもけ}源家 집안과의 대조. 그리고 겜뻬이^{げんべい}源平의 전쟁으로부터 헤이케^{へいけ}平家 집안의 멸망을 뒤쫓는 사이에, 몰락하기 시작한 헤이안귀족^{平安貴族}들과 새롭게 대두한 무사들이 만들어가는 각양각색의 인간모습을 훌륭하게 묘사하고 있다. 일본어와 한문의 혼용문^{和漢混淆文}으로 쓰여진 대표적인 작품이며, 쉽지만 수려한 명문으로 잘 알려져 있다. 유명한 「기온정사의 종소리^{祇園精舎の鐘の声…………}」라는 서문은 오로지 허무함과 무상함을 나타내는 것처럼 보이지만, 전술작품을 살펴보면 등장인물들은 잘 웃고 잘 울고 있다. 헤이케^{へいけ}平家의 병사들은 겐지^{げんじ}源氏측의 공격에 매우 소란스러운 모습을 보인다. 「챙겨야할 물건도 챙기지 못하고 내가 먼저 도망가야 한다며 소리치지만 결국 낙오된다. 너무나도 허둥대는지라 활을 든 자는 화살을 잊고 있고, 화살을 든 자는 활을 잊고 있었다. 그 모습이 사람은 말을 타고 말은 사람을 탈 정도였다」라고 묘사하고 있다. 이 뿐만 아니라 타이라노 타다노리^{たいらのただのり}平忠度는 전쟁에 패해 퇴각하면서도 자신의 시詩가 칙선집^{ちょくせんしゅう}勅撰集에 하나라도 수록되기를 원한다. 지금은 적敵이 된 스승(藤原俊成^{ふじわらしゅんぜい})의 집을 찾아가지만 적敵이 된 타다노리^{ただのり}忠度가 찾아 온 것을 알고 스승의 집은 혼란에 빠진다. 문도 열어주지 않는 스승에게 오직 자신의 시집詩集에서 좋은 시詩가

있다면 이름을 밝히지 않아도 좋으니 칙선집勅撰集에 수록 될 만한 시詩가 있는지 봐주길 부탁하고 떠난다. 후일 타다노리忠度의 시詩는 칙선집勅撰集에 수록되었다. 이 모습은 무인武人이라기 보다는 문인文人 즉 가인歌人의 섬세함을 보여주는 대목이라 하겠다. 전쟁이야기이지만 이렇듯 등장인물들의 다양한 성격은 작품의 흥미를 돋우는 부분이라 하겠다. 또한 다른 작품에는 없는 비와호시琵琶法師에 의한 이야기 전달은 상황 묘사를 보다 생생하고 역동적으로 표현하고 전달할 수 있도록 하였다.

祇園精舍

祇園精舍の鐘の聲、諸行無常の響あり。娑羅雙樹の花の色、盛者必衰のことはりをあらはす。おごれる人も久しからず。只春の夜の夢のごとし。たけき者も遂にはほろびぬ、偏に風の前の塵に同じ。遠く異朝をとぶらへば、秦の趙高、漢の王莽、梁の朱、唐の祿山、是等は皆舊主先皇の政にもしたがはず、樂みをきはめ、諫をもおもひいれず、天下のみだれむ事をさとらずして、民間の愁る所をしらざッしかば、久しからずして、亡じにし者どもなり。近く本朝をうかゞふに、承平の將門、天慶の純友、康和の義親、平治の信賴、おごれる心もたけき事も、皆とりどりにこそありしかども、まぢかくは、六波羅の入道前太政大臣平朝臣清盛公と申し人のありさま、傳承るこそ心も詞も及ばれね。

▮현대어 역▮

祇園精舍

この世は常なく変っていくものと祇園精舍の鐘は響き、盛んなものは衰えると沙羅又樹の花の色は告げる。奢れる者久しからず、春の一夜の夢のごとくはかない。猛々しい者もやがて滅びるのは風に漂う塵と同じである。遠く外国の例を尋ねてみると、秦の宦官の趙高らはいずれも本来の政を行わず、楽しみを極め、諫めを聞かず、国を乱して人心が離れ、滅びた。近くは日本でも承平の乱の平将門らが武力によって世を乱し、奢れる心も猛悪な事もとりどりだったが、最近の平清盛と申す人の奢り高ぶり猛悪なさまは想像も及ばず筆舌に尽くしがたいほどだ。

┃번역문┃

기온정사

　이 세상은 예외 없이 변해가는 것이라고 기온정사祇園精舎의 종소리가 울려 퍼진다. 성한 것은 쇠퇴하기 마련으로 사라쌍수 꽃 색은 말하고 있다. 권세를 얻어 그 힘을 누리는 자는 오래가지 못하니, 봄날 하룻밤처럼 덧없는 것이다. 용맹한 자가 마지막에 망하는 것은 바람 앞의 먼지와 같은 것이다. 멀리 외국의 예를 물으니 진나라의 환관 조고는 본래 해야 할 나랏일을 행하지 않고 지극히 쾌락적인 것에 빠져 주위의 간언을 듣지 않아 나라를 어지럽히고 민심이 떠나니 결국 망하였다. 근래에 일본에서도 죠헤이의 난承平の乱 때 타이라노 마사카도平将門 일당들이 무력으로 세상을 어지럽히고 사치스런 마음과 맹악한 일도 각각이었지만, 최근의 타이라노 키요모리平清盛라는 사람의 분에 넘치는 오만함과 맹악한 모습은 상상할 수도 없고 필설로 다 할 수 없을 정도다.

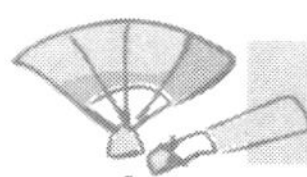

낱말풀이

祇園精舎(ぎおんしょうじゃ)	[불교] 기원정사(옛날 인도의 수달장자(須達長者)가 석가를 위해 설법도량(道場)으로 지은 절).
響き	울림. 그 소리. 響く의 명사형.
沙羅又樹	사라쌍수. 낙엽고목으로 콩과의 무우수(無優樹) 및 뽕나무과의 보리수와 함께 불교 3대 성목이다.
奢れる者	권력을 얻어 영화를 누리고 그 자리에 안주하여 겸허한 마음을 잃고 제멋대로 행동하는 사람들.
久しからず	그리 오래가지 않는다.
猛々しい	사납고 용맹스러운.
滅びる	망하다. 멸망하다.
漂う	감돌다. 떠돌다. 방황하다.
尋ねる	묻다. 찾다. 캐다. 방문하다.
政を行う	정사(政事)를 행하다.
	政を行わず는 行う의 [－ない]형에 부정의 [ず]를 접속한 형태. 정사를 돌보지 않다.
極め	궁극. 최고. 끝.
諫め	간언. 충고.

猛悪 もうあく	맹악. 사납고 악독함.
及ぶ およ	다달르다. 미치다. 부정어와 함께 쓰일 경우 '미치다, 필적하다, 견주다'로 해석한다. 及ばず는 及ぶ의 [−ない]형에 부정의 [ず]를 동반한 형태. 해석은 미치지 못하다.
筆舌に尽しがたい ひつぜつ　つ	필설로 다할 수 없다. 필설로 다하기 어렵다. 尽くす의 [−ます]형에 어렵다/ 힘들다의 형용사[かたい]를 접속하여 ~하기 어렵다로 해석한다.

《 8 》『츠레즈레구사徒然草』

요시다 켄코 吉田兼好
1283년~1353년?

『츠레즈레구사徒然草』는 우라베켄코卜部兼好가 쓴 수필집이며, 승려 출신 문학가로 켄코호시兼好法師로도 불렸다. 세이쇼나곤清少納言의 『마쿠라노소시枕草子』, 가모노 쵸메이鴨長明의 『호죠키方丈記』와 함께 일본 3대 수필의 하나로 평가받고 있다. 수필집 『츠레즈레구사徒然草』와 노래집인 『켄코호시가슈兼好法師歌集』·『쇼쿠센자이슈續千載集』 등의 작품을 남겼다. 가마쿠라鎌倉시대 말기인 1283년 교토 요시다신사吉田神社 신관神

■ 吉田兼好 _요시다겐코

官의 삼남三男으로 태어나 1313년 출가하였다. 출가 한 뒤에는 주로 히에산比叡山의 요코가와橫川에 머물면서 관동關東지역을 여행하였고, 이가伊賀의 쿠니미야마國見山 닌나지仁和寺 근처에 조그만 암자를 짓고 말년을 보냈다.

켄코兼好는 누구든 분야를 막론하고 달인으로부터 능숙해지는 비법을 알아내는 재주가 있었다. 『츠레즈레구사徒然草』에 활쏘기의 명인이나 나무타기 숙련자들의 이름이 넘쳐나는 이유이기도 하다. 켄코兼好는 명인名人, 달인達人의 세계에는 공통점이 있다는 것을 알게 된다. 그래서 무엇을 보든 능숙해지기 위한 비법이나 노력이 보이고, 그의 혜안은

조용한 깨달음으로 일반인들과는 다른 심경을 창안해 내었다. 모든 사물의 본질뿐만 아니라 아이디어가 계속해서 솟아나오면, 켄코兼好는 아무 생각 없이 계속 글을 쓰며「이상하게도 흥분된다네 ― あやしうこそものぐるほしけれ」라고 읊고 있다.

つれづれ草　上

序段

　つれづれなるまゝに、日暮らし、硯にむかひて、心にうつりゆくよしなし事を、そこはかとなく書きつくれば、あやしうこそものぐるほしけれ。

▌현대어 역▌

序段

　何をするという用事もなく一日中、硯にむかって次から次へと心に浮かんでは消えていくたわいもないことをとりとめもなく書き付けたところ不思議なほど興奮してきた。

▌번역문▌

서단

　할 일도 없이 하루 종일 벼루를 벗 삼아 마음에 떠오르는 것을 적고 있자니, 이유를 알 수 없을 정도로 내 마음이 흥분되었다.

낱말풀이

つれづれなるまゝに	특별히 할 일도 없고 지루하지만 시간이 흐르는 대로
一日中(いちにちじゅう)	하루 종일
硯(すずり)	벼루
たわいもない	별 생각 없이
とりとめもなく	결정된 것도 없이. 정해진 것도 없는
不思議(ふしぎ)	불가사의. 이상한. 괴이한

第五十二段

すこしのことにも、先達はあらまほしき事なり。

│현대어 역│

第五十二段

ちょっとしたことにも案内者があってほしいものである。

│번역문│

제52단

아주 작은 일이라도 그 길을 가본 안내자가 있으면 좋을 것이다.

《9》『호죠키 方丈記』

가모노 쵸메이 鴨長明

1155년~1216년

『호죠키方丈記』는 가모노 쵸메이鴨長明에 의해 쓰여진 가마쿠라시대鎌倉時代의 수필이다. 쵸메이長明는 말년, 교토京都 외곽 히노산日野山에 작은 암자를 짓고 운둔했다. 암자 안에서 당시의 세상을 관찰하고 기록하여 『호죠키方丈記』라 이름 붙였다. 일본 중세문학을 대표하는 수필로 약 100년 후 『츠레즈레구사徒然草』, 『마쿠라노소시枕草子』와 함께 「일본삼대수필日本三大随筆」로 불린다. 가모노 쵸메이鴨

▌ 鴨長明 _가모노 쵸메이

長明는 무상관을 나타내는 작품의 대가이다. 일본 중세의 무상관은 만인이 사랑하고 인정했던 사상으로, 당시 문학 작품의 바탕에는 모두 무상관이 깔려있었다. 이 『호죠키方丈記』의 시작 부분은 표현의 긴밀함과 그 리듬의 매끄러움이 『헤이케모노노가타리平家物語』의 서두 부분과 쌍벽을 이루며 인기를 자랑하고 있다.

『호죠키方丈記』는 인간의 몸과 집의 허무함을 주제로 하고 있다. 작품 속 집에 대한 이미지는 유목민이나 돌로 만든 집에 사는 민족과는 전혀 다르게 표현되고 있다. 집은 현실세계에서 인간의 거주지이지만, 당시 일본의 주거지에서는 화재가 많이 발생했다.

구체적으로 서기 1177년부터 1185년 사이에 자연재해가 매우 많이 발생했다. 그로 인한 화재로 집의 허망함과 화재에 약한 이미지를 보여주고 있으며, 가모노 쵸메이鴨長明(かものちょうめい) 자신도 큰 화재, 회오리바람, 천도, 기근, 지진과 같은 다섯 가지 재앙을 경험하고 있었다. 그는 집의 허망함을 느끼고는 있지만, 그렇다고 견고한 집에 살지는 않았다. 교토 외곽 히노산日野山(ひのざん)에 약 다다미 4장 반 즉, 호죠方丈(ほうじょう)의 암자에 칩거하여 안정을 얻었다. 이 작품은 처음부터 끝까지 자연재해로 인한 인간의 나약함과 허무함만을 나타내고 있다.

一

　　ゆく河の流れは絶えずして、しかも、もとの水にあらず。淀みに浮ぶうたかたは、かつ消えかつ結びて、久しくとゞまりたる例なし。世中にある人と栖と、またかくのごとし。

　　たましきの都のうちに、棟を並べ、甍を争へる、高き、いやしき、人の住ひは、世々を経て盡きせぬものなれど、これをまことかと尋ぬれば、昔しありし家は稀なり。或は去年焼けて今年作れり。或は大家亡びて小家となる。住む人もこれに同じ。所も変らず、人も多かれど、いにしへ見し人は、二三十人が中に、わづかにひとりふたりなり。朝に死に、夕に生るゝならひ、たゞ水の泡にぞ似たりける

┃현대어 역┃

一

　　川の水は絶えることなく流れて元の水のままではない。淀みに浮かぶ水の泡も消えたり結んだりで、同じ状態にはない。世の人と住いもこのようなものだ。立派な都に競(きそ)って家を建てるのはいつの時代も変わらないが、気をつけて見ると、昔からある家はまれで、昨年に焼けて今年作ったり、大きな屋敷が滅びて小さな家になったり。住む人も同じで、土地は変わらず人も多いように見えても、昔見たことのある人は二、三十人のうちわずか一人か二人。人の命のはかなさは水の泡のようなものだ。

┃번역문┃

　　강물은 끊기지 않고 흘러 처음의 그 물이 아니다. 물웅덩이에 이는 물거품도 없어졌다 다시 생겨 늘 같은 상태는 아니다. 세상 사람도 그들의 집도 이와 같다. 멋진 도읍(교토)에서 서로 경쟁하며 훌륭한 집을 짓는 것은 변함이 없지만, 눈여겨 잘 보면 옛날부터 그대로인 집은 별로 없고, 작년에 타서 올해 다시 짓기도 하고, 큰 저택이 없어지고 작은 집이 되기도 한다. 살고 있는 이도 같고 땅도 변함이 없으며 사람도 많은 듯 보이지만, 옛날에 봤던 사람은 20~30명 중 겨우 한 사람이나 두 사람뿐이다. 사람의 목숨의 덧없음은 물거품과 같은 것이다.

낱말풀이

絶える	끊어지다. 없어지다.
淀み	물구덩이. 웅덩이. 정체된. 막힘.
泡	거품
消える	사라지다. 없어지다.
結ぶ	맺히다. 매다. 묶다.
住い	사는 곳. 집.
競う	다투다. 겨루다. 경쟁하다.
焼ける	타다.
屋敷	큰 저택. 저택.
滅びる	망하다. 멸망하다.
わずか	약간. 불과.

〖 *10* 〗『오쿠노호소미치奥の細道』

마츠오 바쇼 松尾芭蕉
寬永21년(1644년)~元禄7년(1694년)

마츠오 바쇼松尾芭蕉는 에도시대江戸時代 전기 하이카이시俳諧師이다. 현재 미에현三重県 이가시伊賀市 출신으로 어릴 때 이름은 긴사쿠金作 통칭은 진시치로甚七郎 또는 진시로甚四郎이다. 이름은 추우에몬 무네후사忠右衛門宗房. 작가의 아호는 처음에는 본명인 무네후사宗房를 썼고, 그 다음에는 도오세이桃青로, 나중에는 바쇼芭蕉로 바꾸었다. 기타무라 키깅北村季吟의 문하였으며, 바쇼芭蕉풍이라 불리는 예술성 높은 하이카이俳諧풍을 확립하였다. 후세에는 하이세이俳聖(하이카이俳諧의 성인聖人)로서 세계적으로 알려진, 일본 최고의 하이카이시俳諧師(하이카이俳諧를 짓는 시

■ 松尾芭蕉 _마츠오 바쇼

인)중 한 사람이다. 바쇼芭蕉가 제자인 가와이소라河合曾良와 함께 겐로쿠元禄2년 3월 27일 1689년 5월 16일 에도江戸(동경 東京)를 떠나 도호쿠東北·호쿠리쿠北陸를 돌아, 기후岐阜의 오오가키大垣까지 여행한 기행문이 『오쿠노호소미치奥の細道』이다. 겐로쿠元禄15년1702년 간행되었

"

고, 일본 고전에 있어서 대표적인 기행작품으로 바쇼芭蕉의 작품 중 가장 유명하다. 그 서문은 「해와 달은 영원히 여행하는 나그네 같아서 ― 月日は百代の過客にして……」로 시작된다. 마츠오 바쇼松尾芭蕉의 기행문이 매력적인 이유 중 하나는 여행지마다 하이카이俳諧 친구가 기다리고 있다는 것이다. 친구를 방문하면서 둘러보는 여행은 즐겁다. 걸으며 서로 마음에 와 닿는 하이쿠俳句를 음미하는 것도 즐거운 일이었을 것이다.

月日は百代の過客にして、行かふ年も又旅人也。舟の上に生涯をうかべ、馬の口とらえて老をむかふる物は、日々旅にして旅を栖とす。古人も多く旅に死せるあり。予もいづれの年よりか、片雲の風にさそはれて、漂泊の思ひやまず、

(序章)

▐ 현대어 역 ▐

月日は百代という長い時間を旅していく旅人のようなものであり、その過ぎ去って行く一年一年もまた旅人なのだ。船頭のように舟の上に生涯を浮かべ、馬子のように馬の轡(くつわ)を引いて老いていく者は日々旅の中にいるのであり、旅を住まいとするのだ。西行、能因など、昔も旅の途上で亡くなった人は多い。私もいくつの頃だったか、吹き流れていくちぎれ雲に誘われ漂泊の旅への思いを止めることができず、

▐ 번역문 ▐

해와 달은 영원히 여행하는 나그네 같아서 그렇게 지나온 세월 또한 나그네인 것이다. 뱃사공처럼 배 위에서 일생을 보내고, 마부처럼 말에 짐과 나그네를 싣고 매일매일 일하며 나이 먹은 자는 매일매일이 여행 중인 것이다. 여행을 자신의 삶으로 여기는 것이다. 옛 사람(西行, 能因 등)도 여행 도중 죽는 일이 많았다. 나도 언제였던가.. 바람에 흘러가는 조각구름에 홀려 유랑하는 여행에 대한 생각을 그칠 수 없어

낱말풀이

過ぎ去る	지나가다. 통과하다. 과거가 되다.
船頭	뱃사공
生涯	생애. 일생.
浮かぶ	뜨다. 나타나다. 드러나다.
馬子	마부
轡	재갈
老いる	늙다. 나이를 먹다.
住まい	주거지. 삶
西行	平安末/鎌倉初期의 歌僧.
能因	平安中期의 歌人.
吹き流れ	바람에 흘러가는
ちぎれ雲	조각구름

行春や鳥啼魚の目は泪 　（出立）

┃현대어 역┃

春が過ぎ去るのを惜しんで鳥も魚も目に涙を浮かべているようだ。

┃번역문┃

봄이 가버리는 것을 아쉬워해 새도 물고기도 눈물을 흘리는 것 같다.

낱말풀이

過ぎ去る	지나가다. 통과하다. 과거가 되다.
惜しむ	~하기를 꺼리다(아까워하다). ~하기 싫어하다.
涙	눈물

夏草や　　兵どもが　　夢の跡 （平泉）

‖현대어 역‖

奥州藤原氏や義経主従の功名も、今は一炊の夢と消え、夏草が茫々と繁っている。

‖번역문‖

오슈후지와라씨奥州藤原氏나 요시쓰네義経의 주군에 대한 공명심도 지금은 하룻밤 꿈처럼 사라지고, 여름철 무성한 풀이 흐드러지게 무성하다.

五月雨の　　降りのこしてや　　光堂　（平泉）

‖현대어 역‖

全てを洗い流してしまう五月雨も、光堂だけはその気高さに遠慮して濡らさず残しているようだ

‖번역문‖

모든 것을 다 씻어내는 사미다레(음력 5월의 비)도 금당만큼은 그 고귀함을 배려하여 젓지 않게 하고 있는 것 같다.

蚤虱馬の尿する枕もと　（尿前の関）

‖현대어 역‖

こうやって貧しい旅の宿で寝ていると蚤や虱に苦しめられる。その上宿で馬を飼っているので馬が尿をする音が響く。その響きにさえ、ひなびた情緒を感じるのだ。

‖번역문‖

이렇게 누추한 여행지의 처소에서 자고 있자니 벼룩이나 이가 날 괴롭혀 견딜 수 없구나.

더우기 말을 키우고 있으니 말의 방뇨소리가 울려퍼진다. 그 소리 조차 시골스런 정취가 풍긴다.

閑さや岩にしみ入る蝉の声　（立石寺）

┃현대어 역┃

ああ何という静けさだ。その中で岩に染み通っていくような蝉の声が、いよいよ静けさを強めている。

┃번역문┃

아~~ 이게 어찌된 고요함인가? 그 고요함 속 바위에 깊이 스며드는 매미울음 소리가 점점이 고요함을 더 해 가는구나.

暑き日を海にいれたり最上川　（酒田）

┃현대어 역┃

最上川の沖合いを見ると、まさに真っ赤な太陽が沈もうとしている。そのさまは、一日の暑さをすべて海に流し込んでいるようだ。

┃번역문┃

모가미강 앞바다를 보면 정말로 새빨간 태양이 지려하고 있다. 그 모습은 하루의 더위를 모두 바다에 흘려보내는 것 같다.

荒海や佐渡によこたふ天河　（越後路）

┃현대어 역┃

新潟の荒く波立った海の向こうに佐渡島が見える。その上に天の川がかかっている雄大な景色だ。

┃번역문┃

니가타新潟의 거친 파도 건너편에 사도섬이 보인다. 그 위에 은하수가 걸쳐있는 웅장한 경치다.

蛤のふたみにわかれ行秋ぞ（大垣）

┃현대어 역┃

離れがたい蛤のふたと身が別れていくように、お別れの時が来た。私は二見浦へ旅立っていく。もう秋も過ぎ去ろうとしている。

┃번역문┃

잘 떨어지지 않는 대합의 껍질과 살이 갈라지듯 이별의 때가 왔다. 나는 후타미우라二見浦로 여행을 떠난다. 벌써 가을도 다 지나가려한다.

치카마츠 몬자에몽 近松門左衛門
1653년(承応2년)~1725년(享保9년)

치카마츠 몬자에몽近松門左衛門은 에도江戸 전기前期인 겐로쿠기元禄期의 인형극 닌교죠루리 人形浄瑠璃·카부키歌舞伎의 작가이다. 본명은 스기모리 노부모리杉森信盛. 고향은 에치젠노구니 越前国(지금의 후쿠이福井県)라고 말하지만 정확하지는 않다.

『소네자키신쥬曽根崎心中』는 세와모노죠루리 世話物浄瑠璃(에도시대의 서민들의 생활상을 소재로 다루는 작품)이며, 1703년 겐로쿠元禄16년

■ 近松門左衛門 _치카마츠 몬자에몽

다케모토좌竹本座에서 초연된 인형극 닌교죠루리人形浄瑠璃 또는 분라쿠文楽이다. 후에 가부키歌舞伎로도 공연되었다. 사랑하는 두 남녀가 이루어 질 수 없는 사랑을 위하여 동반자살을 하러 가는 여정을 그린 이야기이다. 「이 세상도 오늘을 끝으로 죽으러 가는 신세는 발끝의 서리 ― 此の世のなごり。夜もなごり。死に行く身をたとふれば、あだしが原の道の霜」로 시작되는 유명한 여정을 그린 마지막 단段은 「죽은 뒤 성불할 것을 의심하지 않는 사랑의 본보기가

되었다 ─ 未来成仏うたがひなき恋の手本となりにけり」로 결말을 맺는다. 주인공인 오하쓰ぉ初와 도쿠베德兵衛는 현실에서는 이룰 수 없는 사랑 때문에 같이 죽을 것을 결심하고 길을 떠나 결국 동반 자살한다. 이러한 결말은 자칫 비극적이고 어둡다고 생각할 수 있는 부분이다. 하지만 그 죽음이 사랑을 성실하게 지키려한 아름다운 인간의 모습으로 묘사되고 있는 것 또한 이 작품의 특징이라 하겠다.

下

おはつ德兵衛道行

　此の世のなごり。夜もなごり。死に行く身をたとふれば　スヱテ　あだしが原の道の霜。一足づゝに消えて行く。夢の夢こそ　フシ　あはれなれ。　ワキ　あれ數ふれば曉の。七つの時が六つ鳴りて殘る一つが今生の。鐘のひゞきの聞きをさめ。　太夫　寂滅爲樂と　二人ひゞくなり。鐘ばかりかは。草も木も空もなごりと見上ぐれば。雲心なき水のおと北斗はさえて影うつる星の妹背の天の河。梅田の橋を鵲の橋と契りていつまでも。我とそなたは女夫星。　地　必ず添ふとすがり寄り。二人が中に降る涙　フシ　川の水嵩もまさるべし。

▌현대어 역▌

おはつと德兵衛の道行

　この世も今宵限り、死に行く身は足元の霜が消えていく夢の中の夢のようにはかない。暁を告げる鐘の音もこれ限り、煩悩を脱してこそ楽があると聞こえる。草木も空も今生の見納めと眺めれば、雲は無心に空にあり、水も無心に音を立てて流れ、北斗星は冴えて水に影を映す。梅田の橋を、牽牛織女のために天の川にかけた鵲の橋と契り、永遠に二人は夫婦、必ずそうなろうと泣く涙で川の水も増えるにちがいない。

▌번역문▌

오하쓰와 도쿠베의 사랑의 여정

　이 세상도 오늘 밤을 끝으로 죽으러 가는 신세로 발끝의 서리가 사라져 가듯 꿈속의 꿈같이 덧없다. 새벽을 알리는 종소리를 듣는 것도 오늘이 끝으로, 종소리는 마치 ─ 번뇌에서 벗어나야만 비로소 낙원이 있는 것이다 ─ 라고 하는 듯 들린다. 초목도 하늘도 이승에서 마지막 보는 것이라 생각하고 바라보니 구름은 무심하게도 하늘에 있고, 물도 무심히 소리를

내며 흐르고, 북두칠성은 선명해져 물에 그림자가 비치운다. 우메다 다리를 견우직녀를 위해
은하수에 만든 까치의 오작교로 여기며 언약하고, 영원히 두 사람은 부부가 되자며, 반드시
그렇게 되자며 흘린 눈물로 강물이 불어났음에 틀림이 없다.

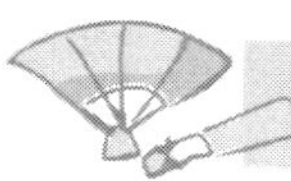

낱말풀이

今宵	오늘 밤.
足元	발 밑. 발치.
霜	서리.
暁を告げる	새벽을 알리다.
煩悩を脱する	번뇌에서 벗어나다.
見納め	마지막으로 봄. 보는 것이 이것으로 마지막임.
眺める	(물끄러미) 보다. 응시하다.
音を立てる	소리를 내다.
冴える	맑아지다. 선명해지다. 추워지다.
影を映す	그림자를 비추다.
牽牛織女	견우와 직녀.
天の川	은하수
鵲の橋	까치 다리(오작교)
契り	약속. 언약.
永遠に	영원히

　치카마츠 몬자에몽近松門左衛門은 허와 실을 섞어 항간에 떠도는 이야기를 아름답게 바
꿀 수 있는 뛰어난 능력을 지녔다. 비참한 정사 이야기도 치카마츠近松의 손이 닿으면
아름다운 사랑이야기로 승화시켜 사람들은 치카마츠近松를 사랑의 연금술사라 부르기도
한다. 오사카상가의 점원인 도쿠베德兵衛와 기생 오하쓰お初는 서로 사랑의 맹세를 하지
만, 돈을 사기 당하고 말아 결국 동반자살 하게 된다. 동반자살을 하기 위한 목적지인
소네자키曾根崎에 도착하기까지의 절절한 여정을 묘사하고 있다. 극의 마지막 장면에서
는 마치 살아 움직이는 듯한 인형이 뜻대로 되지 않는 이 세상의 불행을 대신 짊어지고

아름답게 죽는다.

　닌교죠루리人形浄瑠璃에는 샤미센三味線반주에 맞춰 변사인 다유太夫가 대사를 읊어나가는 기다유부시義太夫節라 불리는 죠루리浄瑠璃가 있다. 기다유부시義太夫節는 에도江戸 전기前期　오사카大阪의 다케모토기다유竹本義太夫가 시작한 죠루리浄瑠璃의 일종이다. 기다유義太夫는 7·5조인 대사를 샤미센三味線 반주에 맞춰 등장인물과 상황에 맞는 여러 목소리로 강약을 조절하며 읊어나가는데 이것 또한 독특한 형식이라 하겠다.

《 12 》 『우키요부로浮世風呂』

시키테이 삼바 式亭三馬
安永5년(1776년)~文政5년 閏1월 6일(1822년 2월 27일)

시키테이 삼바式亭三馬는 에도江戸시대 후기 지방작가로 쿠스리야薬屋, 우키요에시浮世絵師였다. 골계본滑稽本 『우키요부로浮世風呂』와 『우키요도코浮世床』 등으로 알려졌다. 이름은 기쿠치 다이스케菊池泰輔이고, 字는 규토쿠久德이다. 통칭은 니시미야 다이스케西宮太助, 희호는 시키산징四季山人·혼초안本町庵·샤라쿠사이洒落斎 등, 이름이 규토쿠久德이고 字가 다이스케泰輔로 되어 있는 문헌도 있다.

『우키요부로浮世風呂』는 골계본滑稽本으로 4편編 9책冊이고 문화文化6년1809년~문화文化10년1813년 간행되었다. 에도江戸 서민의 사교장이었던 대중목

■ 式亭三馬 _ 시키테이 삼바

욕탕을 무대로 그곳에 등장하는 남녀의 동작·회화를 극명히 묘사하고 세태나 서민생활 실태를 뚜렷이 나타낸 작품이다. 『우키요도코浮世床』와 함께 삼바三馬의 대표작이다.

前編

浮世風呂大意

熟監るに、錢湯ほど捷徑の教諭なるはなし。其故如何となれば、賢愚邪正貧福貴賎、湯を浴んとて裸形になるは、天地自然の道理、釋迦も孔子も於三も權助も、産れたまゝの容にて、惜い欲いも西の海、さらりと無欲の形なり。欲垢と梵惱と洗清めて淨湯を浴れば、旦那さまも折助も、執が執やら一般裸体。是乃ち生れた時の産湯から死だ時の葬潅にて、暮に紅顔の醉客も、朝湯に醒的となるが如く、生死一重が嗚呼まゝならぬ哉。されば佛嫌の老人も風呂へ入れば吾しらず念佛をまうし、色好の壯夫も裸になれば前をおさへて己から耻を知り、猛き武士の頸から湯をかけられても、人込じやと堪忍をまもり、目に見えぬ鬼神を隻腕に雕たる侠客も、御免なさいと石榴口に屈むは錢湯の德ならずや。心ある人に私あれども、心なき湯に私なし。譬へば、人密に湯の中にて撒屁をすれば、湯はぶくぶくと鳴て、忽ち泡を浮み出す

▌현대어 역▐

思うに錢湯ほど手っとり早い教訓の場はない。というのも裸に賢愚、正邪、貴賤の別なく裸になり、欲という垢も煩悩も洗い清めて上がり湯を浴びれば、どれも同じ生まれたままの無欲の裸。すなわち生まれたときは産湯、死ぬときは湯灌、夕べに赤ら顔の醉客も朝湯には素面となるがごとしで、生死の紙一重がままならない。というわけで、仏さん嫌いの老人も風呂に入れば念仏唱え、色好みの男も風呂に入れば殊勝なことに前を押さえ、戦好きの武士が頭から湯をかけられても混んでいるから堪忍し、入れ墨をした粋もんも「御免なさい」と挨拶して入口で屈むのが錢湯の徳。湯は正直なもので、密かにおならをすれば、ぶくぶくとたちまち泡を生みだす。

▌번역문▐

생각해보니 대중목욕탕만큼 빠르게 교훈을 얻는 곳도 없다. 이렇게 말하는 이유는 알몸은 그가 현명하거나 어리석거나, 그가 옳거나 그르거나, 그리고 그가 귀하거나 비천하거나 상관없이 그저 알몸인 것이다. 욕망이라는 때도 번뇌도 깨끗이 씻어 정갈히 하고 깨끗한 물을 목욕탕을 나올 때 몸에 끼얹으면, 누구라도 똑같이 태어났을 때의 그 모습 그대로인 무욕의 알몸이 된다. 즉, 태어났을 때 갓난아이를 씻기는 욕조는 우부유産湯라하고, 죽었을 때 시신을 씻기는 욕조는 유칸湯灌이라 한다. 어제 밤 붉은 얼굴의 취객도 아침 목욕을 하고 나면

멀쩡해지는 것과 같이, 생과 사는 종이 한 장 차이에 불과하다. 이러한 이유로 부처님을 싫어하는 노인도 목욕탕에 들어가면 염불을 외고, 여자를 좋아하는 남자도 목욕탕에 들어가면 기특하게도 겸손히 굴고, 전쟁을 좋아하는 무사가 머리부터 물을 뒤집어썼더라도 복잡하다고 참는다. 문신을 한 사람도 [실례합니다]라고 인사하며 허리 굽혀 입구를 들어오는 것이 "목욕탕의 덕"인 것이다. 목욕탕의 물은 정직해서 몰래 방귀를 뀌면 보글보글하고 순식간에 거품이 생겨난다.

낱말풀이

銭湯（せんとう）	공중 목욕탕.
手っとり早い（ばや）	날쌔다. 잽싸다. 민첩하다.
教訓（きょうくん）	교훈.
裸（はだか）	알몸. 맨몸.
賢愚（けんぐ）	현명하고 어리석음.
正邪（せいじゃ）	옳고 그름. 선과 악.
貴賤（きせん）	귀천.
垢（あか）	때. 더러움.
煩悩（ぼんのう）	번뇌.
清める（きよ）	깨끗이 하다. 정갈하게 하다.
上がり湯（あ　ゆ）	욕실에서 나올 때 몸에 끼얹는 깨끗한 더운 물.
産湯（うぶゆ）	갓난아이를 목욕시킴. 또는 그 더운 물.
湯灌（ゆかん）	(불교식 장례식에서) 시신을 관에 넣기 전에 더운물로 씻는 일. 탕관.
素面（しらふ）	술에 취하지 않은 평소의 상태. 태도.
紙一重（かみひとえ）	종이 한 장. 근소한 차이.
風呂に入る（ふろ　はい）	목욕하다.
唱える（とな）	외다. 읊다.
殊勝だ（しゅしょう）	기특하다. 갸륵하다.
堪忍する（かんにん）	참다. 인내하다.
入れ墨（い　ずみ）	문신
粋（いき）	세련됨. 멋들어짐. 풍류를 이해하는. 화류계.
屈む（かが）	구부러지다. 굽다. 몸을 낮추다. 웅크리다.
正直だ（しょうじき）	정직하다.

<table>
<tr><td>密^{ひそ}かに</td><td>몰래. 은밀히.</td></tr>
<tr><td>おならをする</td><td>방귀를 뀌다.</td></tr>
<tr><td>ぶくぶく</td><td>거품이 이는 모양. 또는 그 소리. 보글보글. 부글부글.</td></tr>
<tr><td>たちまち</td><td>금세. 순식간에. 갑자기.</td></tr>
<tr><td>泡^{あわ}を生^うみだす</td><td>거품을 만들어내다.</td></tr>
</table>

시키테이 삼바式亭三馬는 서민의 풍속을 해학적으로 묘사해 내는 달인이다. 소리를 내어 읽어보면 문장의 매끄러움 속에서 재미를 느낄 수 있을 것이다. 더욱이 리듬감 좋은 문장의 흐름 속에 속담의 익살과 가케고토바懸詞(수사법의 하나) 등을 숨 쉴 틈도 없이 정확하게 배치하고 있다. 「어제 밤 붉은 얼굴의 취객도 － 暮に紅顔の酔客も」라는 부분은 렌뇨 쇼닌蓮如上人의 「아침에 붉게 단장하였어도 저녁에는 백골이 될 몸이다. － 朝に紅顔の装いありて、夕に白骨となれる身なり」를 우의적으로 표현한 것이다.

《 13 》『뜬 구름^{浮雲}』

후타바테이 시메이 二葉亭四迷
1864년~1909년

후타바테이 시메이二葉亭四迷 본명은 하세가와 타쓰노스 케長谷川辰之助이고, 도쿄東京출생. 도쿄외국어학교 노어과를 중퇴하였다. 쓰보우치 쇼요坪內逍遙의 지도를 받아 사실주 의写実主義(현실을 있는 그대로 묘사하는 것이 아니라, 현실 속에 녹아 있는 본질을 나타냄)를 지향하였다. 하지만, 스 승인 쓰보우치 쇼요坪內逍遙의 철학적 기반에 의문을 품었 고 그 의문은 『당대서생기질当生書生気質』이라는 작품이 되

■ 二葉亭四迷 _후타바테이 시메이

었으며, 그 서론이 『소설총론小説総論』이다. 마침내 일본 최초의 언문일치체言文一致體 소설 인 『뜬 구름浮雲』을 발표하였다. 투르게네프의 『밀회あひびき』·『해후めぐりあひ』를 번역하는 등, 근대 일본문학의 선구자가 되었다. 후에 아사히신문사 특파원으로 러시아에 갔다가 폐렴과 폐결핵이 병발하여 귀국도중 병사하였다. 소설에 『그 모습其面影』『평범平凡』 등이 있다.

『浮雲』

　제1편은 1887년 6월에, 제2편은 1888년 2월에 쓰보우치 쇼요坪內逍遙와의 합작으로 금항당金港堂에서 간행하였다. 제3편은 1889년 잡지『미야코노하나都の花』에 4회에 걸쳐 연재되었다. 이 작품을 위해 저자는 3년을 고심하다가 미완성으로 중단하였으나, 오늘날 일본 근대소설의 초석을 놓은 작품으로 인정받고 있다. 이 미완성의 소설이 일본 근대문학사상에 큰 비중을 차지하고 있는 이유는 문장의 개혁 곧 [언문일치]라는 문체를 창시했다는 점과, 작자의 자의로 등장인물들을 선인과 악인으로 만들지 않고, 있는 그대로의 인간성을 관찰하여 묘사하는 리얼리즘을 창시했다는 점이다. 후타바테이 시메이二葉亭四迷는 이 작품을 통해 중심점을 잃은 일본 문명의 부동성을 비판하려 했으나, 집필과정에서 그 스스로 학문과 논리에 대한 회의가 생겨 소설을 중도에서 포기한 것으로 보인다. 그리고『뜬 구름浮雲』은 일본 최초의 언문일치를 시도한 소설이지만, 완벽한 언문일치는 이루지 못했다. 서문을 살펴보는 것만으로도 잘 알 수 있을 것이다.

줄거리

　학문에는 뛰어나지만 관념적이고 융통성이 없는 관리 우쓰미 분조內海文三, 그의 사촌으로 유행에 민감하고 수다스러우며 지기 싫어하는 오세이お勢, 학문보다는 요령 좋게 출세하는 것을 최고가치로 여기는 속물 혼다 노보루本田昇 등 3명의 청춘 남녀의 갈등을 통해 메이지문명을 풍자하고 당시의 풍조에 경고하고 있다. 분조文三는 내성적이고 편협한 성격 때문에 직장에서 쫓겨남으로써 실리일변도인 오세이お勢의 엄마 오마사お政(숙모)에게 미움을 사게 된다. 게다가 당연히 자신과 결혼할 것이라고 생각했던 오세이お勢마저 혼다本田의 유혹에 넘어가고 만다. 분조文三는 혼다本田의 유혹을 알면서도 손을 쓰지 못하고 그녀를 떠나보낸다. 마지막 부분은 혼다本田가 오세이お勢를 희롱하다 버리고 말지만, 그런 오세이お勢를 보며 분조文三 자신은 자신에게 실망한다. 자신과 주변의 불행이 겹쳐 결국 신세를 망치고 정신적으로도 막다른 곳까지 추궁당하는 내용으로 쓰려 했다는 줄거리만 있을 뿐 마무리되지 못한 채 미완으로 끝났다.

浮雲はしがき

薔薇の花は頭に咲て活人は絵となる世の中独り文章而已は黴の生えた陳奮翰の四角張り
たるに頬返しを附けかね又は舌足らずの物言を学びて口に涎を流すは拙しこれはどうでも言
文一途の事だと思立ては矢も楯もなく文明の風改良の熱一度に寄せ来るどさくさ紛れお先真
闇三宝荒神さまと春のや先生を頼み奉り欠硯に朧の月の雫を受けて墨摺流す空のきおい夕
立の雨の一しきりさらさらさっと書流せばアラ無情始末にゆかぬ浮雲めが艶しき月の面影を思
い懸なく閉籠て黒白も分かぬ烏夜玉のやみらみっちゃな小説が出来しぞやと我ながら肝を潰
してこの書の巻端に序するものは

　　　　明治丁亥初

｜번역문｜

뜬 구름 서문

　장미꽃 비녀를 머리에 꽂고 활인화도 나오는 세상에 오직 문장만은 시대에 뒤떨어져 케케묵은 한문체를 이해할 수 없으며, 또한 새 시대를 표현하기에는 불충분하다. 이미 일상어로부터 멀어져버린 구시대의 말투로 소설을 쓴다는 것은 역부족이라서, 어떻게 해서든 언문일치를 해야겠다고 생각했다. 어느새 물밀듯이 밀려오는 문명의 바람과 개화의 열기로 혼잡한 틈을 타, 한치 앞도 볼 수 없을 만큼 막막한 상황에서 하루노야 선생님을 수호신으로 의지하여, 이 빠진 벼루에 어슴푸레한 달의 물방울을 받아 먹을 간다. 여름날 오후 쏟아지는 한 줄기의 소나기처럼 시원스레 글이 쓰였으면 했는데....... 아~ 한심하게 제대로 끝도 맺지 못한 뜬구름이 뜻밖에 청아한 달그림자를 가려버려 형태도 알 수 없는 소설이 되어버린 것 같아 나 스스로도 놀랍고 두려운 마음으로 이 책 첫머리에 서문을 단다.

　　　메이지 20년 초여름

낱말풀이

活人(かつじん)	활인. 살아있는 사람.
活人画(かつじんが)	메이지(明治)시대에서 다이쇼(大正)시대에 걸쳐 집회의 여흥으로 행하였다. 분장한 사람들이 적당한 배경 앞에서 가만히 서 있어, 마치 그림 속의 인물처럼 보이게 하는 것.
黴(かび)が生(は)える	곰팡이가 피다.
陳奮翰(ちんぷんかん)	종잡을 수 없음. 횡설수설.
頬返(ほおがえ)しを附(つ)けかね	이러지도 저러지도 못하는.
頬返(ほおがえ)し	입에 가득 문 음식을 혀로 다른 쪽으로 돌려 씹음. 취할 방법.
附(つ)けかね	[つける]의 부정형에 [かねる]가 접속되어 ~하기 어렵다로 해석.
涎(よだれ)を流(なが)す	군침을 흘리다.
拙(つたな)し	서투르다. 어리석다. 변변치 못하다.
言文一途(げんぶんいっと)	언문일치
寄(よ)せ来(く)る	한꺼번에 밀려오다.

《 14 》『무희舞姬』·『산쇼다유山椒大夫』

모리 오가이森鷗外
1862년(文久2년) 2월 17일~1922년(大正11년) 7월 9일

모리 오가이森鷗外는 메이지明治·다이쇼大正期의 소설가
·평론가·번역가·육군군의(군의총감＝중장에 해당)·관
료(高等官一等)이고, 의학박사·문학박사이다. 본명은
모리 린타로森林太郎로 이와미구니石見国(현재 시마네현島
根県) 출신으로, 동경대학 의학부를 졸업하였다. 대학졸
업 후 육군 군의가 되었고, 육군성 파견유학생으로 독
일에서 4년을 보낸다. 귀국 후, 소설「무희舞姬」, 번역
「즉흥시인即興詩人」을 발표하는 한편, 동인同人들과 문예
잡지『시가라미조시しがらみ草紙』를 창간해 문필 활동에
들어간다. 그 후, 청·일전쟁 출정과 오구라小倉전근 등

■ 森鷗外 _모리 오가이

에 의해 일시적으로 창작 활동에서 멀어지는 듯 보였지만,『스바루スバル』창간 후에「이
타·섹스아리스ヰタ·セクスアリス」「기러기雁」등을 발표하였다.

■『舞姫』

『무희舞姫』는 단편 소설로 1890년明治23년,『고쿠민노토모国民之友』에 발표했다. 모리 오가이森鷗外가 1884년부터 4년간의 독일 유학시절의 체험을 바탕으로 집필하였고, 주인공의 수기형식을 취하며 그 경험을 잇대어 쓰고 있다. 우아한 문체와 낭만적인 내용으로 초기 대표작이다. 이 작품을 둘러싼 이시바시 닌겐쓰石橋忍月와의 마이히메논쟁舞姫論争이 일어나기도 했다.

줄거리

출세를 위해 달려온 주인공 오타도요타로太田豊太郎는 유학생으로서 독일제국(프러시아)에 파견되고 자유로운 분위기 속에서 진정한 나를 깨닫게 되지만, 무희 엘리스를 구해준 것이 계기가 되어 관직을 박탈당한다. 고국의 어머니는 돌아가시고 도요타로豊太郎는 베를린에 머무는 친한 친구 아이자와相沢의 소개로 신문사의 통신원이 되어 엘리스와 함께 가난하면서도 행복한 생활을 보낸다. 그러나 대신大臣의 수행원으로서 베를린에 온 아이자와相沢는 그녀와의 관계를 끊으라고 충고하고 도요타로豊太郎는 약한 마음 때문에 한순간 그것에 동의하고 만다.

石炭をば早や積み果てつ。中等室の卓のほとりはいと静にて、熾熱燈の光の晴れがましきも徒なり。今宵は夜毎にこゝに集ひ来る骨牌仲間も「ホテル」に宿りて、舟に残れるは余一人のみなれば。

▌번역문

석탄은 이미 다 쌓았다. 2등석 탁자 주위는 정말 조용하고, 등불의 빛도 너무 눈부셔 덧없기만 하다. 오늘밤은 밤마다 매일 여기로 모여들던 화투놀이 친구도 호텔에 묵어서 배에 남아 있는 건 나밖에 없다.

낱말풀이

石炭 (せきたん)	석탄
をば	격조사 [を]+계조사 [は]가 변한 말.
	동작/ 작용의 대상을 특히 강조하는 뜻을 나타낸다.
積み果てつ (つ は)	이미 다 쌓았다. 고어 [果つ- 下二 끝나다/ 죽다/보조동사의 역할 ~를 끝내다.]
	의 연용형[果て]＋완료의 조동사[つ]의 종지형. 해석은 [~다해 버렸다]. 본문에
	서는 보조동사로 쓰였으므로 [~다 끝나다/ 완전히~끝나다]로 해석한다.
ほとり	부근. 근처. 곁.
いと	(副詞) 매우. 지극히. 정말.
静にて (しずか)	조용해서. 조용하고. (にて－격조사) 수단/방법. 시간/장소를 나타냄.
熾熱燈 (しねつとう)	치열등. 등불.
晴れがましき [晴れがましい] (は は)	영광스럽다. 너무 드러나서 어쩐지 겸연쩍다.
徒なり (いたづら)	헛됨. 무익함. 쓸데없음. 허무하다.
今宵 (こよい)	오늘 밤. 오늘 저녁.
毎に (ごと)	~마다.
集ひ来る (つど く)	모여들다. 모여오다. [集ふ－현대어 集う]의 연용형 [集ひ]＋[来る]의 형태.
骨牌 (カルタ)	딱지놀이. 트럼프놀이. 화투놀이.
宿りて (やど)	(여관/호텔)숙박하여. 묵어서. [宿る－古語 四段 활용]의 연용형[宿り]+[て]가
	접속된 형태. 현대어의 [宿って]와 같은 형태.
余一人 (よ ひとり)	나 한사람.
なれば	[(필연조건) ~한다는 것은 정해진 일이다.] 단정의 조동사 [なり]의 已然形[な
	れ]+접속조사 [ば]가 접속된 형태. 已然形에 접속된 [ば]는 순접확정조건을 나
	타낸다.

■ 『山椒大夫』 (さんしょうだゆう)

『산쇼다유山椒大夫』(さんしょうだゆう)는 설화「さんせう太夫」(だゆう)를 바탕으로 한 소설로 모리 오가이森鷗外(もりおうがい)의 대표작 중 하나이다.

이와시로岩代(福島県)에서 쓰쿠시筑紫(九州)로 유배된 아버지를 찾아가던 그의 자식 안즈安寿와 즈시오厨子王 그리고 그들의 엄마와 하녀인 우바다케姥竹는, 에치고越後(新潟県)의 인신매매범인 야마오카 다유山岡太夫에게 속아 엄마는 사도佐渡(北陸 북쪽)로, 누이와 아우는 단고丹後(京都북부)의 부자 산쇼다유山椒大夫에게 팔려간다. 안즈安寿는 바닷물을 길어오고 즈시오厨子王는 산에서 땔감을 베는 일을 하면서 살아간다. 어느 날 두 사람은 탈출 계획을 이야기하는 과정에서 사부로三郎에게 들켜버려 달궈진 부젓가락으로 낙인이 찍히고, 지장불상의 공덕으로 상처가 아무는 꿈을 꾸는데 잠에서 깨어보니 지장보살의 이마에는 실제로 낙인의 흔적이 남아있었다. 그 후 안즈安寿의 태도가 크게 변한다.

越後の春日を経て今津へ出る道を、珍らしい旅人の一群れが歩いている。母は三十歳を踰えたばかりの女で、二人の子供を連れている。姉は十四、弟は十二である。それに四十ぐらいの女中が一人ついて、くたびれた同胞二人を、「もうじきにお宿にお着きなさいます」と言って励まして歩かせようとする。二人の中で、姉娘は足を引きずるようにして歩いているが、それでも気が勝っていて、疲れたのを母や弟に知らせまいとして、折り折り思い出したように弾力のある歩きつきをして見せる。

에치고越後의 카스가春日를 지나 이마즈今津로 나오는 길을 보기 드문 여행객 한 무리가 걷고 있다. 엄마는 이제 서른을 갓 넘긴 여인으로 두 아이를 데리고 가고 있다. 누나는 14살, 남동생은 12살이다. 거기에 마흔 살 정도의 식모가 딸려있었고, 녹초가 된 남매 둘을 "이제 곧 숙소에 도착할거야."라고 격려하며 걷고 있다. 두 아이 중 누나 쪽은 발을 질질 끌듯이 걷고는 있지만, 그래도 지기 싫어하는 성격 때문인지, 이따금 지친 것을 엄마나 동생에게는 들키지 않으려한 생각을 떠올린 듯 힘있게 걸었다.

낱말풀이

越後の春日 (えちご の かすが)	지금의 新潟県(にいがたけん) 上越市(じょうえつし)를 가리킴.
今津 (いまづ)	지금의 兵庫県(ひょうごけん) 西宮市(にしのみやし)를 가리킴.
踰える (こ)	넘다.
くたびれる	녹초가 되다. 지치다. 피로하다.
同胞 (はらから)	형제자매.
もうじき	곧, 머지않아.
励ます (はげ)	격려하다. 힘을 돋우어 주다.
引きずる (ひ)	질질 끌다. 억지로 끌고 가다. 잡아 데리고 가다. 지연시키다.
気が勝つ (き が か)	성질이 괄괄하다. 지기 싫어하다. 기승하다.
知らせまい (し)	알아채지 못하게 하리다. [知らせる]의 미연형＋[부정의 조동사 まい] 부정적 의지를 나타낸다. 해석은 [~하지 않을 작정이다. ~않으리라.]
折り折り (お り お り)	때때로. 이따금. 그때그때.
歩きつき (ある)	걸어가는 모양. 걷는 자세.

나쓰메 소세키 夏目漱石
1867~1916

　　나쓰메 소세키夏目漱石는 1867년 2월 9일 에도江戸의 우시고메牛込의 관리직인 나누시名主의 5남 3녀 중 막내로 태어났다. 본명은 킨노스케金之助이다. 이듬해 시오바라 집안塩原家의 양자로 호적에서 빠져나가지만 나중에 복적된다. 1893년 동경제국대학 영문학과를 졸업하였고, 대학시절 마사오카 시키正岡子規를 만나 하이쿠俳句를 배웠다. 이후 동경사범학교(지금의 동경대), 마쓰야마松山중학을 거쳐 제5고등학교 교수로 부임했다. 1900년~1903년 영국유학을 다년 온 뒤 동경제국대학東京帝国大学 강사가

夏目漱石 _나쓰메 소세키

된다. 1905년 38세 때 『나는 고양이로소이다吾輩は猫である』를 잡지 『호토토기스ホトトギス』에 연재해 문필가로서의 명성을 날리게 된다. 1907년 교직을 떠나 아사히신문에 입사, 창작에 전념한다. 1907년부터 1916년에 걸쳐 소설 『유리문 안에서硝子戸の中』1915년 등을 『호토토기스ホトトギス』에 발표했다. 마지막 장편소설 『명암明暗』을 연재하던 중 1916년 12월 9일 위궤양 악화로 향년 50세에 사망하였다.

▌『夢十夜』

『유메쥬야夢十夜』는 1908년明治41년 7월 25일부터 8월 5일까지 『아사히신문朝日新聞』에 연재되었다. 내용은 현재인 메이지明治를 시작으로 가미요神代 / 가마쿠라鎌倉 / 100년 후 그리고 10개의 신비한 꿈의 세계로 이루어져 있다. 「이런 꿈을 꾸었다 ─ こんな夢を見た」로 이야기가 시작되는 부분이 유명하다. 나쓰메 소세키夏目漱石 작품에서 보기 드문 환상문학을 짙게 맛볼 수 있는 작품이다.

第一夜

　こんな夢を見た。
腕組をして枕元に坐っていると、仰向に寝た女が、静かな声でもう死にますと云う。女は長い髪を枕に敷いて、輪郭の柔らかな瓜実顔をその中に横たえている。

▌번역문▌

첫째 날 밤

　이런 꿈을 꾸었다.
팔짱을 끼고 베갯머리 맡에 앉아있자니, 똑바로 누워 자는 여인이 조용한 목소리로 "이제 죽겠습니다."라고 말했다. 여인은 긴 머리를 베게에 파묻고, 선이 부드러운 갸름한 얼굴을 비스듬히 젓히고 있다.

▌『坊っちゃん』

『도련님坊っちゃん』은 1906년明治39년, 『호토토기스ホトトギス』 4월호 별책부록에 발표하였다.

親譲りの無鉄砲で小供の時から損ばかりしている。小学校に居る時分学校の二階から飛び降りて一週間ほど腰を抜かした事がある。

┃번역문┃

　부모님께 물려받은 무모함 때문에 어린 시절부터 손해만 보고 살았다. 소학교에 다니던 시절 학교 2층에서 뛰어내려 일주일간 허리를 다쳐 학교를 못간 일도 있었다.

■『吾輩は猫である』

『나는 고양이로소이다吾輩は猫である』는 장편소설로, 1905년 1월 『호토토기스ホトトギス』에 발표하고 호평을 받아 다음 해 8월까지 연재하였다.

吾輩は猫である。名前はまだ無い。
どこで生れたかとんと見当がつかぬ。何でも薄暗いじめじめした所でニャーニャー泣いていた事だけは記憶している。吾輩はここで始めて人間というものを見た。しかもあとで聞くとそれは書生という人間中で一番獰悪な種族であったそうだ。この書生というのは時々我々を捕まえて煮て食うという話である。

┃번역문┃

　나는 고양이다. 이름은 아직 없다.
어디서 태어났는지 도대체 짐작이 가지 않는다. 무엇이든 조금 어둡고 눅눅한 곳에서 야~옹 야~옹 울고 있었던 것만은 기억하고 있다. 나는 이곳에서 처음으로 인간이라는 것을 보았다. 게다가 나중에 들으니 그것은 서생이라는 인간 중에서도 가장 영악한 종족이었다고 한다. 이 서생이라는 자는 때때로 우리들을 잡아 삶아 먹는다는 이야기다.

《 16 》『암야행로暗夜行路』

시가 나오야 志賀直哉

1883년(明治16년) 2월 20일~1971년(昭和46년) 10월 21일

시가 나오야志賀直哉는 소설가이며, 미야기현宮城県에서 태어났다. 동경부東京府에서 자랐고 시라카바白樺파를 대표하는 소설가 중 한 사람이다. 대표작으로는 『암야행로暗夜行路』·『화해和解』·『고조노가미사마小僧の神様』·『키노사키에서城の崎にて』 등이 있다.

■ 志賀直哉 _시가 나오야

『암야행로暗夜行路』는 잡지雑誌 「개조改造」에 1921년大正10년 1월호부터 8월호까지 전편前編을, 1922년大正11년 1월호부터 1937년昭和12년 4월호까지 단속적断続的으로 후편을 발표하였다. 시가 나오야志賀直哉 유일의 장편소설로 만년의 온화한 심경소설心境小説이며 4부로 구성되어 있다. 이야기는 소설가인 도키도 켄사쿠時任謙作가 몇 번의 정신적 위기를 뛰어넘어 결국에는 대자연 안에 녹아들어 마음의 안정을 얻기까지의 과정을 그린 내용이다.

疲れきってはいるが、それが不思議な陶酔感となって彼に感ぜられた。彼は自分の精神も肉体も、今、この大きな自然の中に溶け込んで行くのを感じた。その自然というのは芥子粒ほどの小さい彼を無限の大きさで包んでいる気体のように眼に感ぜられないものであるが、その中に溶けて行く、―それに還元される感じが言葉に表現出来ないほどの決さであった。

　몹시 피곤하기는 하지만, 그것이 이상하게도 도취감이 되어 그에게 느껴졌다. 그는 자신의 정신도 육체도 지금, 이 거대한 자연 안에 녹아들어가고 있는 것을 느꼈다. 그 자연이라는 것은 양귀비 씨만큼 작은 그를 무한한 광대함으로 감싸 안고 있는 기체와 같이 눈으로는 감지할 수 없는 것이지만, 그 안에 녹아들어 가는 ―그것으로 환원되어지는 느낌이 말로는 표현 할 수 없을 정도의 상쾌함이었다.

낱말풀이

疲れきる	몹시 지치다. [疲れる]+[切る]의 복합어/접미어로 쓰인 [切る]의 역할로 [몹시 ~하다]로 해석한다. 이외에도 [다~해내다][완전히~하다]로 해석 할 수 있다.
不思議	불가사의. 이상함. 괴이함.
陶酔感	도취감.
感ぜられた	느낌을 받다. [感ずる 느끼다] 古語 感ずる는 サ変動詞로 미연형인[感ぜ]+조동사 [らる]가 접속된 형태. 古語 조동사 [らる]는 四段·ナ変·ラ変動詞를 제외한 동사의 미연형에 접속된다. 현대어 [られる]이다.
溶け込む	녹다. 용해되다.
芥子粒	양귀비씨. (매우 작은 것의 비유)
包む	싸다. 두르다. 둘러싸다. (감정) 숨기다.
還元	환원. 근본으로 돌아 감.
快い	기분이 좋다. 상쾌하다.

《17》「첫사랑初恋」

시마자키 도손 島崎藤村
1872~1943

시마자키 도손島崎藤村은 메이지明治시대부터 쇼와昭和시대 까지 활약한 문학자이다. 많은 시詩와 소설小説를 남겼으며, 정감 넘치고 생동감 넘치는 시詩로 유명하다. 「첫사랑初恋」은 도손藤村이 25세 때 처음 출판한 시집詩集 『와카나슈若菜集』1897년에 수록되어 있다. 이 시집에는 서정시 51편을 서양시의 감각과 전통적인 7·5조로 노래하고 있다. 명치明治시대의 울적한 청춘을 정열적으로 노래하고 있는 근대 일본시의 기념비적인 작품으로, 시단에 큰 영향을 끼쳤다. 같은 시기 출판된 도손藤村의 다른 시집詩集에는 도손藤村 자신의 뜨거웠던 첫사랑의 기억이 기술되어 있다.

▌島崎藤村 _시마자키 도손

「初恋」

島崎藤村

まだあげ初めし前髪の
林檎のもとに見えしとき

"

前にさしたる花櫛の
花ある君と思ひけり

やさしく白き手をのべて
林檎をわれにあたへしは
薄紅の秋の実に
人こひ初めしはじめなり

わがこゝろなきためいきの
その髪の毛にかゝるとき
たのしき恋の盃を
君が情に酌みしかな

林檎畠の樹の下に
おのづからなる細道は
誰が踏みそめしかたみぞと
問ひたまふこそこひしけれ

┃번역문┃

　　시마자키 도손 〈첫사랑〉

이제 막 틀어올린 고운 앞머리
사과나무 아래에 보였을 때에
앞머리 꽂아 놓은 꽃핀을 보고
꽃다운 당신이라 마음 설렜지

부드럽고 하얀 손 내밀어서는
사과를 이내 손에 건네준 것은
담홍색 빛깔 고운 가을 열매에
그대와의 첫사랑 시작이었네

덧없이 흘러나온 나의 한숨이
그대 머리카락에 닿았을 때에
감미로운 사랑의 그윽한 잔을
당신의 연정으로 음미하였네

사과밭 사과나무 아래에 보니
어느새 생겨버린 좁은 오솔길
그 누가 처음 밟아 길을 냈을꼬
의아해서 한마디 그리움이라

낱말풀이

初める	동사의 [ます]형에 접속하여 ~하기 시작하다. 처음 ~하다.
前髪	이마에 늘어뜨린 앞머리.
林檎	사과
さしたる 挿す	(비녀/ 핀을)꽂다. たる는 동사의 [ます]형에 접속하여 동작이나 작용이 확실히 있었다는 뜻. 비녀를 꽂다.
薄紅	연분홍
実	열매
はじめなり	처음이다. はじめる의 [ます]형에 조동사 [なり－古語]가 접속된 형태. [~이다]로 해석.
盃	술잔
酌む	(술등을) 그릇에 따르다.
細道	오솔길. 좁은 길.

「첫사랑初恋」은 당시 젊은이들에게 큰 반향을 일으킨 작품이다. 그 시절 일본은 좋아하는 상대와 자유연애를 하여 결혼하는 것이 일반적이지 않았다. 그러나 개인을 존중하는 서양 문화가 소개되면서 새로운 연애관이 만들어지게 되었다. 그러한 남녀의 관계를 이 시詩를 통해서 도손藤村은 표현했던 것이다. 자신의 마음에 정직한 사랑을 하는 두 사람, 그 모습은 새로운 시대의 개막에 어울리는 대담하고도 신선한 것이었다.

《 18 》『키 재기たけくらべ』

히구치 이치요 樋口一葉
1872년(明治5년 3월 25일)~1896년(明治29년 11월 23일)

히구치 이치요樋口—葉는 소설가이며 東京에서 태어났고 본명은 나쓰고夏子, 호적이름은 나쓰奈津이다. 나카지마 우타코中島歌子에게 시가歌와 고전古典을, 나카라이 도수이半井桃水에게 소설을 사사받았다. 생활고에 시달리면서도『키 재기たけくらべ』『흐린 강にごりえ』『십삼야十三夜』라는 수작을 발표하여 문단으로부터 절찬받는다. 불과 6개월 만에 이러한 작품을 발표했지만, 수개월 후 폐결핵으로 사망하였다.『이치요닛키—葉日記』도 높이 평가받고 있다.

▍樋口—葉 _히구치 이치요

『키 재기たけくらべ』는 단편소설로 1895년明治28년부터 다음 해까지「문학계文学界」에 단속적斷続的으로 연재되었다.『문예구락부文芸俱楽部』博文館, 第二巻第号에 일괄 게재되었다. 이때 제목은『이세모노가타리伊勢物語』23段의 와카和歌와 연관지어『키 재기たけくらべ』로 다시 정하였다.

줄거리

무대는 에도江戸 요시와라吉原유곽에 인접한 다이온지大音寺 앞이다. 꽤 유명한 유녀를 언니로 두고 장래엔 역시 그길로 갈 것이 예상되는 미도리美登利는 같은 초등학교에서 교내 제일 학생으로 인정받고 있는 류게사竜華寺의 아들 신뇨信如에게 호감을 가지고 있었다. 하지만 속마음과는 달리 서로 오해만 쌓여간다. 오토리신사大鳥神社에서 매월 유일酉日에 거행되는 축제 때 마다 서는 시장인 도리노이치酉の市가 열리는 날, 아름답게 시마다마게島田髷(여자 머릿속발의 하나로 처녀 때나 혼례 때 틀어 올림)를 한 미도리美登利가 시선을 끌었으나, 아이들의 여왕님이었던 그녀가 그날 이후 다시 태어난 듯 갑자기 어른스럽게 변해버린다. 미도리美登利는 서리가 내리던 어느 날 아침, 격자문 안으로 들어온 수선화를 정갈하고 호젓한 모습으로 그윽하게 응시하는데 바로 그 다음날이 소학교를 그만둔 신뇨信如가 승려가 되기 위해 수행을 떠나는 날이었다.

[가난해지면 사람마저 아둔해진다 ― 貧すれば鈍する]라는 말이 있는데, 히구치 이치요樋口一葉에게는 [가난할수록 그 날카로움이 더욱 커지는] 기개와 재능이 있었다. 어머니와 여동생 이렇게 여자 셋만의 생활이 되고 가세는 점점 기울어 갔다. 이치요一葉는 상류층 자녀들이 다니는 「하기노아萩の舎」에 들어가지만, 그곳에서의 생활에서 열등감을 느끼게 된다. 끊김 없고 물 흐르듯 써 내려간 이치요一葉의 문장은 천성적인 사실표현력이 뒷받침되고 있으며, 자신의 실제적 경험도 이야기 묘사를 사실적으로 하는데 도움이 되었다 할 수 있다.

一

廻れば大門の見返り柳いと長けれど、お歯ぐろ溝に燈火うつる三階の騒ぎも手に取る如く、明けくれなしの車の行來にはかり知られぬ全盛をうらなひて、大音寺前と名は佛くさけれど、さりとは陽氣の町と住みたる人の申き、三嶋神社の角をまがりてより是れぞと見ゆる大厦もなく、かたぶく軒端の十軒長屋二十軒長や、商ひはかつふつ利かぬ處とて半さしたる雨戸の外に、あやしき形に紙を切りなして、胡粉ぬりくり彩色のある田樂みるやう、裏にはりたる串のさまもをかし

▌현대어 역▐

　表通りを回ると大門の見返り柳まで遠いが、吉原遊廓を囲うお歯黒溝に店の灯が映り、三階の騒ぎが手にとるよう、昼夜なしの人力車の往来に繁盛も窺えて、大音寺前と名前は仏くさいが陽気な町だと住む人は言う。三島神社の角を曲がると目立つ家もなく貧しげな長屋半ば閉ざした雨戸の外に、妙な形に紙を切り胡粉で彩色したものを吊しているのは田楽のようでおかしい。

▌번역문▐

　큰 길을 돌면 대문 앞 버드나무見返り柳까지 멀지만, 요시와라吉原 유곽을 둘러싼 오하구로도부お歯黒溝(검은 강)강에 유곽의 등불이 비추고 3층의 소란스러움이 손에 잡힐 듯하다. 밤낮 없는 인력거의 왕래로도 번성함을 알 수 있고, 다이온지大音寺 앞과 이름은 너무 불교 냄새가 나지만, 활기찬 마을이라고 살고 있는 사람들은 말한다. 미시마신사三島神社의 모퉁이를 돌자 눈에 띄는 집도 없고 가난해 보이는 단층연립주택이 있다. 그 집에 반쯤 닫힌 빗물막이 덧문 밖으로 요상한 모양의 종이를 잘라 호분으로 색칠한 것을 매달아 놓은 것이 있는데, 마치 덴가쿠두부田楽豆腐처럼 이상하게 생겼다.

낱말풀이

表通り	큰 길. 큰거리.
回る	돌다. 주위를 돌며 움직이다.
見返り柳	유곽에서 즐기던 손님이 집으로 돌아갈 때 뒷머리가 끌리듯 미련이 남은 가슴을 부여잡고 이 버드나무 주변에서 유곽을 돌아다보며 침울해한 모습에서 유래된 말이다.
お歯黒	이를 까맣게 물들이는 일. 이를 까맣게 물들일 때 쓰는 진한 액체.
お歯黒溝	吉原 유곽을 둘러 싼 강(どぶ川)의 통칭. 기생(遊女)이 화장할 때 お歯黒를 하고 난 물을 흘려보냈다는 설과 강(どぶ川) 물이 お歯黒를 물들이는 액체처럼 검고 탁하여 이름의 유래가 되었다는 설이 있다.
繁盛	번성. 번창
窺う	엿보다. 살피다. (기회를) 살피다.
仏くさい	불교적인 색채가 짙다. 불교적 냄새를 풍기다.
陽気	명랑함. 밝고 쾌활함. 생동감 있는.
曲がる	구부러지다. 방향을 바꾸다. 돌다.

長屋 (ながや)	길게 지은 집. 단층연립주택. 에도시대의 상급무사 저택 대문의 한 형식.
雨戸 (あまど)	(비바람을 막기 위한) 덧문
胡粉 (ごふん)	호분. 조개껍데기를 구워 빻은 안료.
彩色する (さいしき)	채색하다.
吊す (つる)	매달다. 달아매다.
田楽 (でんがく)	①헤이안(平安)중기에서 가마쿠라(鎌倉)·무로마치(室町)시대에 걸쳐 행해진 예능. 모내기 때의 가무음곡(歌舞音曲)이 유래가 된다. ②田楽豆腐·田楽焼き의 준말. 두부를 가늘고 길게 썰어 대나무꼬지에 꼽고, 된장을 발라 구운 요리이다. 田楽라는 이름은 꼬지에 꼽혀 있는 두부의 모양이 긴 봉을 가로로 매단 채 발을 높이 들고 춤을 추는 田楽法師의 모습과 닮았기 때문이다.

〖 *19* 〗「해변의 사랑 *海辺の恋*」

사토 하루오 *佐藤春夫*
1892년(明治25년)~1964년(昭和39년)

사토 하루오佐藤春夫는 근대 일본의 시인·작가로 염미적이고 청랑艶美清朗한 시가詩歌와 권태롭고 우울憂鬱한 소설을 중심으로 문예평론·수필·동화·희곡·평전·와카和歌 등 그 활동범위는 매우 다양했다. 메이지明治 말기부터 쇼와昭和까지 왕성한 활동을 하였다. 필명을 潮鳴, 沙塔子로, 아호를 노카야징能火野人이라 하였다.

■ 佐藤春夫 _사토 하루오

「海辺の恋」

佐藤春夫

こぼれ松葉をかきあつめ
おとめのごとき君なりき、
こぼれ松葉に火をはなち
わらべのごときわれなりき。

わらべとおとめよりそひぬ
ただたまゆらの火をかこみ、

うれしくふたり手をとりぬ
かひなきことをただ夢み、

入り日のなかに立つけぶり
ありやなしやとただほのか、
海辺の恋のはかなさは
こぼれ松葉の火なりけむ。

∥번역문∥

사토 하루오 〈해변의 사랑〉

흩어진 솔잎을 그러모으니
마치 소녀 같은 당신이 되었고
떨어진 솔잎에 불을 붙이니
마치 소년 같은 내가 되었네.

소년과 소녀는 가까이 앉았네
그저 희미한 불씨를 둘러싸고
기뻐하며 둘은 손을 맞잡네
부질없는 일을 그저 꿈꾸네.

석양에 물들며 피어오르는 연기
어른어른 그저 희미하고
해변의 사랑의 부질없음은
떨어진 낙엽의 불이였으리.

낱말풀이

かきあつめる	(떨어진 낙엽) 그러모으다.
おとめ	소녀. 처녀
ごとき	~와 같은
君なりき	당신이 되었다. [명사/연체형+なり]는 [~이다.]로 해석한다. [き]는 단정의 조동사 [なり]의 연용형에 과거 회상을 나타내는 조동사 [き]가 접속된 형태.
火をはなつ	불을 지르다. 방화하다.
よりそひぬ	[よりそふ]는 歴史仮名使い 읽기로, 현대어 [よりそう - 바싹 달라붙다. 다가가다] 이다. [よりそふ]의 [ます]형 [よりそひ] +완료의 조동사[ぬ]가 접속된 형태. 해석은 [바싹 붙어 앉았다. 나란히 앉아있고 말았다.]

> 참고 語頭以外 의 「は、ひ、ふ、へ、ほ」를 「ワ、イ、ウ、エ、オ」로 읽는다. 現代仮名遣いでは 助詞 「は、へ」를 제외하고 「わ、い、う、え、お」로 표기한다. かは→川、会ひます→会います、使ふ→使う、まへ→前、おほい→おおい 등

たまゆら	어렴풋이. 희미하게.
かこみ	[かこむ]가 원형. 에우다. 둘러싸다. 포위하다.
手をとりぬ	[手をとる -손을 잡다]에서 [とる]의 [ます]형+완료의 조동사[ぬ]가 접속된 형태. 해석은 [손을 잡았다. 손을 잡고 말았다.]
かひなき	古語[かいなし]의 연체형이다. 현대어 [かいない- 애쓴 보람이 없다. 효과가 없다. 가치가 없다]
入り日	석양. 낙일(落日)
けぶり	연기. [けむり]의 방언. けむりが立つ -연기가 나다.

이 시詩는 표면상으로 소년과 소녀의 첫사랑을 노래한 시詩라 생각할 수 있다. 하지만, 깊은 뜻을 음미하며 읽으면 「마치 소녀 같은 당신이 되었고 - おとめのごとききみなりき」 「마치 소년 같은 내가 되었네 - わらべのごときわれなりき」가 암시하고 있듯이, 성인들의 사랑일지도모를 불륜을 노래하고 있다.

이 시詩의 배경이 된 일은 사토 하루오佐藤春夫가 다니자키 준이치로谷崎潤一郎의 부인 치요千代를 사랑한 사건이다. 다이쇼大正10년1921년, 사토 하루오佐藤春夫가 29세 때의 일이

다. 결국 다니자키 준이치로谷崎潤一郎는 부인을 사토 하루오佐藤春夫에게 보냈고, 쇼와昭和5년1930년 결혼했다. 이 시詩를 쓸 때는 가서는 안 되는 사랑의 길을 가고 있는 두 사람이 마치 아이들처럼 해변에서 모닥불을 피우듯, 마음 속에도 사랑의 불이 지펴진 모습을 표현했다 할 수 있다. 이외에도 「꽁치의 노래秋刀魚の歌」와 「소년의 날少年の日」이 유명하다.

〖 20 〗「자장가揺藍の歌」

기타하라 하쿠슈 北原白秋
1885년(明治18년) 1월 25일~1942년(昭和17년) 11월 2일

기타하라 하쿠슈北原白秋는 시인·동요작가·가인歌人이다. 본명은 기타하라 류기치北原隆吉이며 시·동요·단가 이외에도 신민요(「松島音頭」·「ちゃっきり節」) 등의 분야에도 걸작을 남겼다. 일생동안 다수의 시가詩歌를 남겼고, 지금도 또한 계속 애창되고 있는 동요를 많이 발표하는 등 「하쿠로시대白露時代」라 불리는 시기의 근대 일본을 대표하는 시인이다.

■ 北原白秋 _기타하라 하쿠슈

「자장가揺藍の歌」는 기타하라 하쿠슈北原白秋작사, 쿠사가와 싱草川信 작곡의 일본 동요로, 1921년大正10년, 잡지 『소학여성小学女生』 8월호에 발표하였다. 자장가라는 별명으로 「요람가揺籃歌」라고도 하지만, 문자 그대로 이곡은 자장가로서 널리 알려졌다. 기타하라 하쿠슈北原白秋가 태어난 후쿠오카현福岡県 야나기가와시柳川市에서는 매일 오후午後 6시가 되면 방재스피커로부터 [자장가揺藍の歌]를 시내에 흘려보낸다. 2007년平成19년에 [일본의 노래 百選]에 선정되었으며, 1967년 NHK [모두의 노래みんなのうた]에서 Bonny Jacks이 노래하는 등, 옛날부터 모두에게 친숙했다. 근래에는 2011년 2월 19일에 나쓰가와 리미夏川りみ가 다시 불렀다.

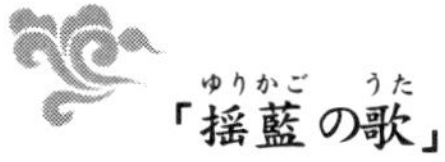

「揺籃^{ゆりかご}の歌^{うた}」

北原白秋^{きたはらはくしゅう}

一、

揺籃のうたを　　カナリヤが歌うよ
　　ねんねこ　　ねんねこ　　ねんねこよ

二、

揺籃のうえに　　枇杷(びわ)の実が揺れるよ
　　ねんねこ　　ねんねこ　　ねんねこよ

三、

揺籃のつなを　　木ねずみが揺するよ
ねんねこ　　ねんねこ　　ねんねこよ

四、

揺籃のゆめに　　黄色い月がかかるよ
ねんねこ　　ねんねこ　　ねんねこよ

▌번역문▌

기타하라 하쿠슈 〈자장가〉

1. 자장가를 카나리아가 노래하네.
　넨네코 넨네코 넨네코 요.

2. 요람 위에 비파나무 열매가 흔들리네요.
　넨네코 넨네코 넨네코 요.

3. 요람의 끈을 다람쥐가 흔들어요.
　넨네코 넨네코 넨네코 요.

4. 요람의 꿈에 노란색 달이 걸렸어요.
　넨네코 넨네코 넨네코 요.

《 21 》「재난震災」

나가이 가후 永井荷風
1879년(明治12년) 12월 3일~1959년(昭和34년) 4월 30일

나가이 가후永井荷風는 소설가이며 동경東京 출생으로, 본명은 나가이 소키치永井壯吉, 호는 김뿌산징金阜山人·단쵸테이슈징斷腸亭主人이다. 도쿄외국어학교 중국어과를 중퇴하고 소설가가 되려고 히로쓰 류로廣津柳浪에게 사사받았다.

■ 永井荷風 _나가이 가후

「震災」

永井荷風

今の世のわかい人々
われにな問ひそ今の世と
また来る時代の芸術を。
われは明治の兒ならずや。
その文化歴史となりて葬られし時
わが青春の夢もまた消えにけり

團菊はしをれて櫻痴は散りにき。
一葉落ちて紅葉は枯れ

‖번역문‖

나가이 가후 〈재난〉

이 세상 젊은이들
나에게 물어오네 지금의 세상과
또 다시 올 시대의 예술을.
나는 명치의 아들은 되지 않으리.
그 문화역사가 묻힐 때
내 청춘의 꿈도 다시 사라지겠지
團菊는 시들고 櫻痴는 떨어졌다.
一葉는 떨어지고 紅葉는 말랐네

이 「재난震災」은 가후荷風가 전쟁 중에 엮은 시집詩集 『헨키캉긴소偏奇館吟草』에 수록된 시詩이다. 그의 수필 중 「시 번역에 대하여訳詩について」란 작품에 이런 구절이 있다. 「한 때 내가 모리 오가이森鷗外, 류손 선생柳村先生의 흉내를 내고, 서양 시의 번역을 시도해 본 것도 생각해 보면 이미 20년 가까이 오래된 일이다. ― 一時わたくしが鴎外柳村二先生の顰みに倣つて、西詩の翻訳を試みたのも、思へば既に二十年に近いむかしである」, 「당시 내가 좋아해서 이 일에 종사했던 것은 서양 시의 여운을 우리 문단에 전하려는 바람보다도 오히려 이 일로 인해 나는 자신의 감정과 문장을 조금이라도 세련시키는데 도움이 될까 생각했었다. ― 当時わたくしが好むで此事に従つたのは西詩の余香をわが文壇に移し伝へやうと欲するよりも、寧この事によつて、わたくしは自家の感情と文辞とを洗練せしむる助けになさうと思つたのである」라고 말하고 있다.

가후荷風에게 있어서 메이지明治는 에도江戸 문화가 남아 있는 메이지明治였던 것이다. 위의 시詩에 등장하는 인물들을 살펴보면 다음과 같다.

❶ 단키쿠團菊 : 메이지明治시대 가부키歌舞伎배우 9대손 이치가와 단쥬로市川団十郎와 5대손
　　오노에 키쿠고로尾上菊五郎.
❷ 오우치櫻痴 : 후쿠치 겐이치로福地源一郎(1841~1906: 天保12년~明治39년), 新聞人, 小説家
❸ 이치요一葉 : 히구치 이치요樋口一葉
❹ 료구緑雨 : 풍자소설로 유명한 사이토 료구斎藤緑雨.
❺ 고요紅葉 : 오자키 고요尾崎紅葉. 『금색야차金色夜叉』의 작가.
❻ 류손선생柳村先生 : 訳詩集 『海潮音』를 낸 우에다 류손빈上田柳村敏의 号이다. 번역가이자
　　英仏문학자인 고이즈미 야쿠모小泉八雲는 "만인 중 한 사람万人に一人"이라며 그의
　　재능을 높이 평가하였다.
❼ 오가이 교시鷗外漁史 : 모리 오가이森鷗外
❽ 엔쵸圓朝 : 산류테이 엔쵸三遊亭圓朝(天保10년~明治33년). 막부 말과 메이지기의 落語界의 중진.
❾ 시쵸紫蝶 : 야나기야 시쵸柳家紫朝(明治6년~大正7년). 생후 얼마 되지 않아 風眼(임균에 의한
　　급성결막염)으로 실명, 어릴 때부터 음악에 뜻을 두었다.

《 22 》『거미줄蜘蛛の糸』외 『杜子春』『蜜柑』

아쿠타가와 류노스케 芥川龍之介
1892년(明治25년) 3월 1일~1927년(昭和2년) 7월 24일

아쿠타가와 류노스케芥川龍之介는 소설가이고 호는 쵸코도슈징澄江堂主人, 하이고俳号(俳句 작가의 아호)는 가키我鬼이다. 작품의 대부분은 단편이지만, 「감자죽芋粥」「덤불 속藪の中」「지옥변地獄変」「톱니바퀴歯車」등 『곤쟈쿠모노가타리슈今昔物語集』『우지슈이모노가타리宇治拾遺物語』와 같은 고전古典으로부터 그 제재를 얻은 작품도 많다. 그리고 『거미줄蜘蛛の糸』·『도시슌杜子春』과 같이 아동을 위한 작품도 있다.

■ 芥川龍之介 _아쿠타가와 류노스케

■『蜘蛛の糸』

『거미줄蜘蛛の糸』은 단편소설로 1918년大正7년에 스즈키 미에키치鈴木三重吉에 의해 만들어진 아동용 문예지 「아카이도리赤い鳥」창간호에 발표하였다. 아쿠타가와 류노스케芥川龍之

^{すけ}介가 직접 다룬 첫 아동문학작품으로, 육필원고에는 스즈키 미에키치鈴木三重吉에 의한 가필이 있다.

줄거리

석가모니는 어느 날 극락의 연꽃 연못을 통해 지옥을 엿보았다. 죄인들이 고통스러워하는 중에 칸다타健陀多란 남자를 발견하였다. 칸다타는 악당이었지만 딱 한번 선을 베푼 적이 있었다. 그것은 작은 거미가 밟혀 죽을 뻔 했을 때 살려준 일이었다. 그것을 떠올린 석가모니는 그를 극락으로 이끌어 오려고 한 가닥의 거미줄을 칸다타에게 내려 보냈다. 극락에서 보내 준 거미줄을 본 칸다타는 "이 줄을 타고 오르면 극락으로 갈 수 있다"고 생각했다. 그래서 그 거미줄을 타고 올라가기 시작했다. 한참을 오르던 중 문뜩 아래를 내려다보니 지옥의 죄인들이 자기 밑으로 줄줄이 이어지고 있었다. 이대로라면 거미줄이 끊어질 것이라 생각한 칸다타는 "이 거미줄은 내 것이다. 어서 내려가라!" 라고 외쳤다. 그러자 칸다타가 잡은 거미 줄이 끊겨, 그는 다시 지옥으로 추락하고 말았다. 그것을 보던 석가모니는 슬픈 얼굴로 연꽃 연못에서 떠나갔다.

一

　ある日の事でございます。御釈迦様は極楽の蓮池のふちを、独りでぶらぶら御歩きになっていらっしゃいました。池の中に咲いている蓮の花は、みんな玉のようにまっ白で、そのまん中にある金色の蕊からは、何とも云えない好い句が、絶間なくあたりへ溢れて居ります。極楽は丁度朝なのでございましょう。

▍번역문▍

어느 날의 일이었습니다. 부처님은 극락의 연꽃 연못의 가장자리를 홀로 한가로이 걷고 계셨습니다. 연못 안에 피어있는 연꽃은 모두 구슬처럼 새하얗고, 그 꽃 정중앙에 있는 금색 수술에서는 뭐라 말할 수 없는 좋은 향기가 끊이지 않고 주위로 향기를 풍기고 있었습니다. 극락은 마침 아침이었습니다.

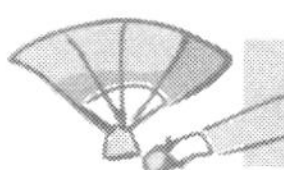

낱말풀이

極楽（こくらく）	극락
蓮池（はすいけ）	연꽃 연못
ふち	가장자리. 테두리. 가. 전
蕊（ずい）	꽃술
絶間なく（たえま）	끊이지 않고
溢れる（あふ）	냄새를 풍기다. 흘러넘치다

■『杜子春（と し しゅん）』

『도시슌杜子春』은 단편소설로 1920년大正9년에 아동용 문예지 『아카이도리赤い鳥』에 발표했다. 중국 고전 정환고鄭還古의 『두자춘전杜子春伝』을 동화화한 작품이다. 『두자춘전杜子春伝』은 중국 당나라 때 정환고鄭還古가 지은 전기 소설傳奇小說이다. 방탕아인 두자춘이 늙은 선인의 제자가 되어 어떠한 경우에도 말을 하지 말아야 한다는 경계를 지키며 수행하다가, 수행의 마지막에 여자로 다시 태어나 남편이 자식을 죽이는 것을 보고는 "아아" 하며 소리를 내어 수행에 실패한다는 내용이다. 이복언李復言이 편찬한 『속현괴록』과 『태평광기』에 실려 전한다.

一

或（ある）春の日暮です。
唐（とう）の都落陽（らくよう）の西の門の下に、ぼんやり空を仰いでいる、一人の若者がありました。

■번역문■

어느 봄날 해질녘이었습니다.

당나라의 도읍 낙양의 서쪽 문 아래에서 멍~하니 하늘을 올려다보고 있는 한 젊은이가 있었습니다.

낱말풀이

日暮 (ひぐれ)	저녁때. 해질 무렵. 황혼.
仰ぐ (あおぐ)	우러러보다. 쳐다보다.

▌『蜜柑(みかん)』

『귤蜜柑(みかん)』은 다이쇼大正8년1919년 5월『신조新潮』에 발표된 단편소설로, 발표 당시는「내가 우연히 만난 일 ― 私の出遇った事」이라는 작품명이었지만, 후에 현재의 제목으로 바꾸었다. 내용은 요코수카横須賀(よこすか)역 기차 속의 [나]와 고향에서 식모살이 가는 소녀와의 한 때를 작가는 자신의 체험을 바탕으로 그려내고 있다. 아쿠타가와芥川(あくたがわ)는 당시 요코수카横須賀(よこすか) 해군 기관학교 교관으로 근무하고 있었으며 요코수카선横須賀線(よこすかせん) 열차를 통근 시 이용하였다.

或曇つた冬の日暮である。私は横須賀(よこすか)発上り二等客車の隅に腰を下して、ぼんやり発車の笛を待つてゐた。

▌번역문▌

어느 흐린 겨울 날 해질녘이었다. 나는 요코수카 발 상행선 2등석 객차 안쪽에 멍~하니 앉아 출발을 알리는 기적소리를 기다리고 있었다.

낱말풀이

曇る (くも)	흐려지다.
横須賀 (よこすか) (神奈川県 かながわけん)	三浦반도 북부의 시(市). 명치 이후 해군진수부와 육군사령부가 위치했고, 전후에는 미군과 자위대 기지가 위치함.

《 23 》 『쿠사메이큐草迷宮』

이즈미 교카 泉鏡花
1873년(明治6년) 11월 4일~1939년(昭和14년) 9월 7일

이즈미 교카泉鏡花는 메이지明治 후기부터 쇼와昭和 초기에 걸쳐 활약한 소설가이다. 본명은 교타로鏡太郎이고 가나자와시金沢市에서 태어났다. 오자키 고요尾崎紅葉에게 사사받았으며 『야행순경夜行巡査』『외과실外科室』로 호평을 받았고 『고야히지리高野聖』로 인기작가가 되었다. 에도江戸 문예의 영향을 깊이 받은 괴기적인 취향과 로맨티시즘으로 유명하다.

『쿠사메이큐草迷宮』의 서두 부분은 이즈미 교카泉鏡花식 [악마를 부르는 노래]이다. 어린 시절 엄마가 불러 주던 공치기 노래를 한번이라도 더 듣고 싶어 여행을 떠나는 청년이 「꿈에라도 현실에라도 환상 속에서 라도……눈에

■ 泉鏡花 _이즈미 교카

보일 것 같은데 말은 할 수 없고──그리고 상냥하고 그립고 가련한 그리고 정이 있는 마치 부풀어 오른 듯 사랑이 가득한, 그럼에도 불구하고 정갈하고 서늘하며 모골이 송연

한 가슴을 쥐어뜯는 것 같은 그래서 황홀한, 뭐 예를 들어 말하자면 향기롭고 깨끗한 가슴을 갖고 있으면서 태어나기도 전에 엄마의 태 안에서 아름다운 엄마의 가슴을 본 것 같은 기분—을 노래한 노래입니다만, 그 가사를 잊어버렸기 때문에 목숨 걸고 그리워하여 그것을 듣고 싶다고 생각하고 있습니다. — 夢とも、現とも、幻とも。。。。目に見えるようで、口にはいえぬ、— そして、優しい、懐かしい、あわれな、情けのある、愛の篭った、ふっくりした、しかも、清く、涼しく、悚然とする、胸を掻毟るような、あの、麝とりとなる、恍惚となるような、まあ例えて言えば、芳しい清らかな乳を含みながら、生まれない前に腹の中で、美しい母の胸を見るような心持の—唄なんですが、その文句を忘れたので、命にかけて、憧憬て、それを聞きたいと思いますんです。」라고 말하고 있다. 하지만, 이 노래에 이끌려 청년이 도착한 곳은 요괴가 살고 있는 황폐한 저택이었다.

　이 부분만 보면 [전설의 고향]과 같은 느낌이지만, 교카鏡花의 명문은 작품의 제목대로 환상적인 쿠사메이큐草迷宮까지 안내하고 있다. 풀 한포기 나무 한 그루에도 귀신의 힘이 깃들어 있다고 믿었던 교카鏡花만의 환상세계를 맛볼 수 있는 작품이다.

向うの小沢に蛇が立って、
八幡長者の、おと娘、
よくも立ったり、巧んだり。
手には二本の珠を持ち、
足には黄金の靴を穿き、
ああよべ　こうよべと云いながら、
山くれ野くれ行ったれば……………………

▌번역문▌

건너편 작은 연못에 뱀이 서서
하치만八幡 長者의 아름다운 따님
잘도 서고 재주도 부리고 한다.
손에는 두 개의 구슬을 쥐고
발에는 황금 신발을 신고

이렇게 불러라 저렇게 불러라 말하면서
산으로 들로 가 보면 ······················

一

三浦の大崩壊を、魔所だと云う。
葉山一帯の海岸を屏風で劃った、桜山の裾が、見も馴れぬ獣のごとく、洋へ躍込んだ、一方は長者園の浜で、逗子から森戸、葉山をかけて、夏向き海水浴の時分、人死のあるのは、この辺ではここが多い。

┃번역문┃

미우라三浦의 큰 붕괴가 있었던 곳에 요괴가 산다고 전해진다.
하야마葉山일대 해안을 병풍처럼 나누었다. 사쿠라야마桜山 산기슭이 눈에도 설은 짐승과 같이 바다로 뻗어 내려갔다. 다른 한편은 長者園 해변이다. 이 주변은 즈시逗子부터 모리토森戸와 하야마葉山에 걸쳐 여름철 해수욕장일 때 뜻밖의 사고로 사람이 죽는 일이 많은 곳이다.

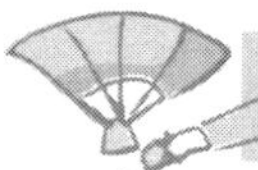

낱말풀이

おと娘	막내 딸
長者	(덕. 지위가 높은) 연장자. 신분이 높은 분. 우두머리
巧む	꾸미다. 궁리하다. 기교를 부리다.
穿く	(하의를) 입다. 신발은 신다.
屏風	병풍
裾	기슭. 옷자락
馴れる	익숙하다. 습관이 되다
躍り込む	뛰어들다
長者園	神奈川県 三浦半島 팔경 중 한곳.
逗子	神奈川県 남동쪽 三浦半島 북부에 위치
森戸	神奈川県 남동쪽 三浦半島 서북부에 위치
葉山	神奈川県 남동쪽 三浦半島 서북부에 위치

《 24 》「비에도 지지 않고 雨ニモマケズ」외 『風の又三郎』

미야자와 겐지 宮沢賢治
1896년(明治29년) 8월 27일~1933년(昭和8년) 9월 21일

본명은 미야자와 겐지宮澤賢治이며 시인이고, 동화작가이다.

「비에도 지지 않고 雨ニモマケズ」는 미야자와 겐지 宮沢賢治 사망 후 유작遺作메모에서 발견되었다. 일반적으로 시詩로 생각하며 겐지賢治의 대표작이다. 「비에도 지지 않고 바람에도 지지 않고 ― 雨ニモマケズ 風ニモマケズ」로 시작되고 「그런 사람이 나는 되고 싶다 ― サウイフモノニ ワタシハナリタイ」로 끝나는 한자 혼용체의 가타가나로 쓰여졌다. 댓구를 이루는 표현방식은 전편에 걸쳐 이루어지고 있으며 마지막 연에 이르기까지 확실한 주어가 제시되어 있지 않다.

■ 宮沢賢治 _미야자와 겐지

■「雨ニモマケズ」

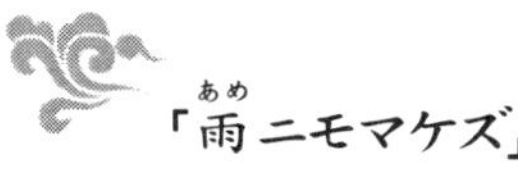

「雨ニモマケズ」

宮沢賢治

雨ニモマケズ

風ニモマケズ

雪ニモ夏ノ暑サニモマケヌ

丈夫ナカラダヲモチ

慾ハナク

決シテ瞋ラズ

イツモシヅカニワラッテヰル

一日ニ玄米四合ト

味噌ト少シノ野菜ヲタベ

アラユルコトヲ

ジブンヲカンジョウニ入レズニ

ヨクミキキシワカリ

ソシテワスレズ

野原ノ松ノ林ノ蔭ノ

小サナ萱ブキノ小屋ニキテ

東ニ病気ノコドモアレバ

行ッテ看病シテヤリ

西ニツカレタ母アレバ

行ッテソノ稲ノ束ヲ負ヒ

南ニ死ニサウナ人アレバ

行ッテコハガラナクテモイ丶トイヒ

北ニケンクヮヤソショウガアレバ

ツマラナイカラヤメロトイヒ

ヒドリノトキハナミダヲナガシ

サムサノナツハオロオロアルキ

ミンナニデクノボートヨバレ
ホメラレモセズ
クニモサレズ
サウイフモノニ
ワタシハナリタイ

‖현대어 역‖

雨にも負けず
風のも負けず
雪にも夏の暑さにも負けぬ
丈夫な体を持ち
慾はなく
決して怒らず
いつもしずかにわらっている
一日に玄米四合と
味噌と少しの野菜をたべ
あらゆる事を
自分を勘定に入れずに
よく見聞きしわかり
そして忘れず
野原の松の林の蔭の
小さな茅葺きの小屋にいて
東に病気のこどもあれば
行って看病してやり
西に疲れた母あれば
行ってその稲の束を負い
南に死にそうな人あれば
行って怖がらなくてもいいと
北に喧嘩や訴訟があれば
つまらないからやめろといい
ひどりのときは涙をながし

寒さの夏はおろおろあるき

みんなにでくのぼうとよばれ

誉められもせず

くにもされず

そういうものに

わたしはなりたい

‖번역문‖

미야자와 겐지 〈비에도 지지 않고〉

비에도 지지 않고

바람에도 지지 않고

눈에도 여름 더위에도 지지 않으리

튼튼한 몸으로

욕심내지 않으며

결코 성내지 않으며

언제나 조용히 웃고 있다

하루에 현미 4홉과

된장국과 약간의 야채를 먹으며

이 세상 모든 셈에서

자신은 계산에 넣지 않으며

잘 살펴 들어 이해하며

그리고 잊지 않으며

들판의 소나무 숲 그늘

작은 초가집에 살며

동쪽에 아픈 아이 있으면

달려가서 보살펴 주고

서쪽에 피곤해 지친 엄마 있으면

달려가서 그 볏단을 대신지고

남쪽에 죽어가는 사람 있다면

달려가서 두려워하지 않아도 된다고 말하고

북쪽에 싸움이나 소송이 일어나면

부질없는 일이니 그만두라 말하고

가뭄 때는 눈물 흘리고

냉냉한 여름은 힘없이 터벅터벅 걸으며

모두에게 얼간이라 불리며

칭찬도 받지 않고

남모르게 고생하는

그런 사람이 나는 되고 싶다.

낱말풀이

ず	용언이나 조동사의 [－ない]형에 접속하여 부정의 뜻을 나타냄. ~지 않다.
ぬ	부정의 조동사 [ず]의 연체형이다. 동사와 조동사 [ます][させる][れる][られる][しめる][せる]의 [－ない]형에 접속하여 부정의 뜻을 나타냄. ~않다. ~아니다. ~없다.
四合	合는 용량의 단위. 현재의 180.39cc. 四合은 약 720cc
勘定に入れず	고려하지 않고. 계산하지 않고.
見聞き	보고 들음. 견문.
茅葺き	새로 지붕을 임. 또는 그 지붕. [茅 － 억새]
看病	간병
稲の束	볏 단
負う	(짐 등을) 짊어지다. 지다. 업다.
喧嘩	싸움. 다툼. 언쟁.
訴訟	소송.
ひどり	원문은 [ひどり]로 되어 있지만, 연구자들 사이에서는 [日照り]로 교정하는 것이 거의 정착되었다. 해석은 [日照り]로 하여 가뭄으로 한다.
おろおろ	(놀람. 걱정. 슬픔 등으로) 당황하는 모양 허둥지둥. 흑흑거리며 우는 모양. 흑흑 울다.
木偶の坊	목각인형. 얼간이. 멍청이.
せず	~하지 않다. [す － 현대어 する]의 [－ない]형 [せ]+부정의 [ず]의 형태.
くにもされず [気にされない]	걱정하지 않고. 신경 쓰지 않고. 마음에 두지 않고.

■『風の又三郎』

『바람의 마타사부로風の又三郎』는 단편소설로 겐지賢治가 죽고 그 다음 해인 1934년에 발표된 작품이다. 다니가와谷川 해변의 작은 소학교에 바람이 아주 강했던 어느 날 정체 모를 소년이 전학을 온다. 소년은 그 마을 아이들에게 [바람神의 아들]은 아닌지 의심도 받는다. 여러 가지 자극적인 행동 끝에 결국 떠나고 만다. 전학생이 온 후부터 떠날 때까지의 마을 아이들의 마음을 현실과 환상을 교차시켜가며 묘사한 이야기이다.

　　　どっどど　　どどうど　　どどうど　　どどう
　　　青いくるみも吹きとばせ
　　　すっぱいかりんも吹きとばせ
　　　どっどど　　どどうど　　どどうど　　どどう

　　　谷川の岸に小さな学校がありました。

　教室はたった一つでしたが生徒は三年生がないだけで、あとは一年から六年までみんなあり
ました。運動場もテニスコートのくらいでしたが、すぐうしろは栗の木のあるきれいな草の山
でしたし、運動場のすみにはごぼごぼつめたい水を噴く岩穴もあったのです。

▌번역문▐

　　　윙~~위~~윙　윙~~위~~윙 윙~~위~~윙 휘이~익
　　　푸른 구름도 날려버려
　　　시큼한 모과도 날려버려
　　　윙~~위~~윙　윙~~위~~윙 윙~~위~~윙 휘이~익

　다니가와谷川 해변의 작은 소학교가 있었습니다.
　교실은 오로지 하나였지만 학생은 3학년이 없을 뿐 나머지 1학년부터 6학년까지 모두 있
었습니다. 운동장도 테니스 코트만 하지만, 바로 뒤에 밤나무가 있는 아름다운 산이 있고
운동장 구석에는 퐁퐁 차가운 샘물이 솟는 바위굴도 있었습니다.

 **낱말풀이**

どっと	①여럿이 한꺼번에 소리 내는 모양 와. 왁.
	②사람이나 물건이 일시에 밀어닥치는 모양. 우르르. 왈칵
すっぱい	시큼하다. 시다
かりん	모과. 모과나무
吹きとばす	(바람이) 불어 날려 버리다
ごぼごぼ	거품을 일으키며 물건이 물에 가라앉거나, 물이 솟아오르는 모양.
	콜콜, 쿨렁쿨렁
岩穴 (いわあな)	바위굴. 암굴

《 25 》『어떤 여자或る女』

아리시마 다케오 ^{ありしまたけ お}有島武郎
1878년(明治11년) 3월 4일~1923년(大正12년) 6월 9일

아리시마 다케오有島武郎는 소설가로, 학습원学習院 중등과中等科를 졸업한 후, 농학자農学者를 꿈꿔 삿뽀로 농학교札幌農学校에 진학하며 기독교의 세례를 받는다. 1903년 도미渡美하여 하버포드Haverford College대학원을 거쳐 하버드 대학에서 역사·경제학을 수학하고 약 11년 만에 돌아온다. 귀국 후 시가 나오야志賀直哉와 무샤노코지 사네아쓰武者小路実篤들과 동인 「시라카바白樺」에 참가한다. 1923년 가루이자와軽井沢의 별장인 浄月荘에서 하타노 아키코波多野秋子와 동반자살心中한다. 대표작으

▌有島武郎 _아리시마 다케오

로는 『카인의 후예カインの末裔』『어떤 여자或る女』, 평론評論『사랑은 아낌없이 빼앗는다惜みなく愛は奪ふ』가 있다.

『어떤 여자或る女』는 아리시마 다케오有島武郎가 다이쇼大正시대에 집필한 장편소설이다. 1911년 1월 『시라카바白樺』 창간과 함께 「어떤 여자의 인상或る女のグリンプス」이라는 제목으로 1913년 3월까지 6회를 연재한다. 그 후, 소설의 후반부를 정리하여 『어떤 여자或る女』

로 제목을 바꾼다. 1919년 소분카쿠叢文閣로부터 『아리시마 다케오 초사쿠슈有島武郎著作集』 중 전·후편 2권으로 간행되었다. 실제로 사사키 노부코佐々城信子가 모델이지만, 처음과 끝은 창작이다. 또한 노부코信子는 다케이武井와의 사이에 딸 하나를 얻었고, 다케이武井가 죽은 후에도 일요학교日曜学校 등을 운영하며 71세까지 건강하게 살았다.

　新橋を渡る時、発車を知らせる二番目の鈴が、霧とまではいえない九月の朝の、煙った空気に包まれて聞こえて来た。葉子は平気でそれを聞いたが、車夫は宙を飛んだ。そして車が、鶴屋という町のかどの宿屋を曲がって、いつでも人馬の群がるあの共同井戸のあたりを駆けぬける時、停車場の入り口の大戸をしめようとする駅夫と争いながら、八分がたしまりかかった戸の所に突っ立ってこっちを見まもっている青年の姿を見た。
「まあおそくなってすみませんでした事…………まだ間に合いますかしら」
と葉子がいいながら階段をのぼると、青年は粗末な麦稈帽子をちょっと脱いで、黙ったまま青い切符を渡した。

▌번역문▌

　심바시를 건널 때 출발을 알리는 2번째 기적소리가 안개라고는 말할 수 없는 9월 아침 뿌연 공기에 싸여 들려왔다. 요우코葉子는 아무렇지 않은 듯 그 소리를 들었지만, 인력거꾼은 발이 땅에 닿지 않을 정도로 서둘렀다. 그리하여 인력거가 쓰루야鶴屋라는 마을 모퉁이의 여관을 돌아 언제나 사람과 말馬들이 있는 그 공동우물 근처를 달려 빠져 나왔을 때, 정거장 입구의 큰 문을 닫으려하는 역무원과 실랑이를 하며 마침 거의 다 닫히려는 문에 꼿꼿이 서서 이쪽을 주시하고 있는 청년의 모습을 보았다.
"저... 늦여져서 죄송합니다..... 아직은 늦지 않았죠?" 라고 요우코는 말하며 계단을 오르자, 청년은 허름한 밀짚모자를 살짝 벗고 아무 말도 하지 않은 채 기차표를 건넸다.

낱말풀이

~ まではいえない	~라고까지는 말할 수 없지만.
包む	둘러싸다. 에워싸다.
平気	태연함. 예사로움.
車夫	인력거 꾼. 차부.
宙を飛ぶ	공중을 날다. 쏜살같이 가다. 전속력으로 달리다.
駆けぬける	달려서 지나가다. 달려서 빠져나가다.
がた	대체적인 정도를 나타냄. ~쯤. ~가량.
しまりかかる	마침 닫히려고 하다. [しまる]의 연용형+[かかる]의 형태. 이 때 접미어로서의 [かかる]는 마침~하다. 바야흐로 ~하게 되다. 등으로 해석된다.

《 26 》 『설국雪国』·『이즈의 무희伊豆の踊子』

가와바타 야스나리 川端康成
1899년(明治32년) 6월 14일~1972년(昭和47년) 4월 16일

가와바타 야스나리川端康成는 소설가이며, 오사카부大阪府(현재 텐진바시天神橋 근처)에서 태어났다. 동경제국대학 문학부 국문학과를 졸업하였고, 요코미쓰 리이치横光利一 등과 함께 『문예시대文藝時代』를 창간하였다. 신감각파의 대표작가로서 활약하였다. 『이즈의 무희伊豆の踊子』『설국雪国』『종이학千羽鶴』『산소리山の音』『잠자는 미녀眠れる美女』『고향古都』 등의 작품에서 죽음과 윤회를 통해「일본의 미」를 표현하였다. 1968년昭和

川端康成
_가와바타 야스나리

43년 노벨 문학상을 일본인 최초로 수상하였고, 1972년昭和47년 4월 16일 밤, 만 72세로 자살하였으며 유서는 남기지 않았다.

『雪国』

『설국雪国』은 장편소설로 그의 대표작 중 하나이다. 가와바타川端문학의 아름다움이 절정을 이룬 명작으로, 1935년昭和10년부터 각종 잡지에 단속적断続的으로 단편이 실렸고, 초

판 단행본은 1937년昭和12년에 간행되었다. 같은 해 문예간담회상文芸懇話会賞을 수상했지만, 그 후로도 약 13년이 흘러 최종적인 완성에 이른다. 이야기는 설국雪国을 방문한 남자가 온천마을에서 한결같은 모습으로 살고 있는 여인들의 여러 모습, 그 흔들림과 정해지지 않은 운명의 각 순간을 바라보는 이야기이다. 남자는 여인의 한결같은 삶의 방식에 이끌리면서도 일시적인 사랑, 그 이상의 관계를 맺지 않으려한다. 냉정하고도 차갑지만 투명한 남자의 마음에 비춰진 여인의 정열이 슬프고도 아름답게 묘사되고 있다.

『雪国』

国境の長いトンネルを抜けると雪国であった。夜の底が白くなった。信号所に汽車が止まった。
　向側の座席から娘が立って来て、島村の前のガラス窓を落した。雪の冷気が流れこんだ。

| 번역문 |

　국경의 긴 터널을 빠져나오자 눈의 나라였다. 암흑이 밝아졌다. 신호 대기소에 기차가 멈추었다. 건너편 좌석에서 여자 아이가 일어나 이쪽으로 오더니 시마무라 앞의 유리 창문을 내렸다. 눈의 냉기가 흘러 들어왔다.

낱말풀이

国境	국경
信号所	신호장. 열차를 엇갈리게 하거나 대기시키기 위해, 대피선로나 신호기를 설치한 곳.
夜の底	암흑. 어둠

■『伊豆の踊子』

『이즈의 무희伊豆の踊子』는 초기 대표작이다. 19세의 가와바타川端가 이즈伊豆를 여행했을 때의 실제 경험이 바탕이 된 것이다. 1926년大正15년 잡지『문예시대文藝時代』1월호와 2월호에 나뉘어 게재되었고, 단행본은 다음 해인 1927년昭和2년 3월에 금성당金星堂으로부터 간행되었다.

道がつづら折りになって、いよいよ天城峠に近づいたと思う頃、雨脚が杉の密林を白く染めながら、すさまじい早さで麓から私を追って来た。

┃번역문┃

길이 꼬불꼬불 비탈길로 마침내 아마기天城고개에 가까워졌다고 생각할 즈음, 빗발이 삼나무 밀림을 하얗게 물들이며, 굉장한 속도로 산기슭부터 나를 쫓아왔다.

낱말풀이

つづら折り	꼬불꼬불 비탈길.
峠	고개. 절정기. 고비.
雨脚	빗발. 빗줄기.
染める	물들이다. 염색하다.
すさまじい	굉장하다. 엄청나다. 섬뜩하다. 너무하다.
麓	산기슭.

《 27 》 『슌킨이야기 春琴抄^{しゅんきんしょう}』

다니자키 준이치로 谷崎潤一郎
1886年(明治19년) 7월 24일~1965년(昭和40년) 7월 30일

다니자키 준이치로谷崎潤一郎는 소설가로, 메이지明治 말기부터 제2차 세계대전 후 쇼와昭和 중기까지, 극히 일부 시기를 제외하고는 왕성한 집필활동으로 일본뿐만 아니라 외국에서도 작품의 예술성을 높이 평가받았다. 현재까지 근대일본문학을 대표하는 소설가의 한 사람으로 그 평가가 매우 높다. 오늘날의 미스테리·서스펜스의 선구적인 작품, 활극적活劇的인 역사소설, 구전·설화풍의 환상담, 그리고 괴기적인 블랙유머(윤리적으로 터부taboo시 하는 것을 풍자하는 것) 등, 오락적인 장르에서도 걸작을 남겼

■ 谷崎潤一郎 _다니자키 준이치로

다. 하지만, 『치인의 사랑痴人の愛』『슌킨이야기春琴抄』『사사메유키細雪』 등 치정이나 시대 풍속 등을 주제로 다룬 통속성과, 문체나 형식면의 예술성을 수준 높게 융화시키는 순수 문학으로서도 높은 평가를 받아 「문호文豪」·「대 다니자키大谷崎」 등으로 불린다.

『슌킨이야기春琴抄』는 중편소설로 1933년昭和08년 6월 『중앙공론中央公論』에 발표하였다. 장님인 샤미센 연주자 슌킨春琴에게 뎃치丁稚(견습생)인 사스케佐助가 헌신적으로 시중을 든다. 이야기 속 두 사람의 모습은 마조히즘Masochism(변태 성욕)을 뛰어넘는 본질적

인 탐미주의를 묘사하고 있다. 마침표나 줄 바꾸기를 대담하게 생략한 독백문체가 특징이다.

┃번역문┃

이미 슌긴春琴도 자리를 털고 일어나게 되어 언제 붕대를 풀어도 지장이 없는 상태까지 회복되었을 때, 어느 날 아침 사스케佐助는 식모 방에서 하녀들이 사용하는 경대와 바늘을 몰래 가지고 와 침상 위에 바로 앉았다. 거울을 보면서 자신의 눈 안으로 바늘을 깊이 찔렀다. 바늘로 찌르면 눈이 보이지 않게 된다는 지식이 있었던 것은 아니다. 되도록 고통이 적고 손쉬운 방법으로 장님이 되려고 생각하여, 시험 삼아 바늘로 왼쪽 검은자위를 찔러 보았다. 검은자위를 겨냥하여 찌르는 것이 어려울 것 같지만, 흰자위 부분은 단단하여 바늘이 들어가지 않고 검은자위는 부드러워서 2, 3번 찌르면 마치 맞게 쏘~옥 20프로 정도 들어갔다고 생각했는데 순식간에 안구가 온통 부옇게 흐려져 시력을 잃어가는 것을 알게 되었다.

낱말풀이

床を離れ	아침에 일어나다. 병이 회복되다.
何時	언제. 어느 때.
包帯	붕대
差支えない	지장 없는
時分	무렵. 대체적인 시기.
女中	하녀. 식모. 가정부.
鏡台	경대.
縫針	바늘.
端座	자세를 바르게 앉음. 정좌.
突き刺す	깊이 찌르다.
苦痛	고통
黒眼	눈의 검은 자위.
白眼	눈의 흰 자위.
這入れる	들어가다.

【 *28* 】『바람이 일다風立ちぬ』

호리 다쓰오 堀辰雄
1904년(明治37년) 12월 28일~1953년(昭和28년) 5월 28일

호리 다쓰오堀辰雄는 소설가이며, 동경부東京府(현 東京都)출신이다. 작가 개인의 경험을 중심으로 집필하는 사소설私小説이 중심이었던 일본 소설의 흐름 안에서 의식적으로 허구에 의해 [만들어진 이야기] 즉, 서양풍의 소설과 같은 형식을 확립하려 했던 작가이다. 프랑스 문학의 심리주의를 적극적으로 도입하여 일본 고전도 새롭게 각색하거나, 새로운 작품의 소재로 삼고 그것을 융합시키는 등 독자적인 문학세계를 창조하였다. 전쟁 중인 불안한 시대에도 시류에 안주하거나 영

합하지 않는 호리 다쓰오堀辰雄만의 작풍은 그의 뒤를 잇는 다치바나 미치조立原道造, 나카무라 신이치로中村真一郎, 후쿠나가 다케히코福永武彦, 마루오카 아키라丸岡明 등으로부터 지지를 받았다. 전쟁 말기부터 결핵 증상이 심해져 전후에는 거의 작품 활동을 하지 못했고, 48세라는 이른 나이에 세상을 떠났다.

『바람이 일다風立ちぬ』는 중편소설로 작자 본인의 체험을 바탕으로 집필한 호리 다쓰오堀辰雄의 대표작이다. 모두 5장으로 구성되었고 발표년도는 다음과 같다. 「서곡序曲」「바람이 일다風立ちぬ」는 「개조改造」 1936년昭和11 12월호, 「겨울冬」은 「문예춘추文藝春秋」 1937년

昭和12 1월호, 「봄春」은 「신여원新女苑」 1937년昭和12 4월호, 「죽음의 그림자 계곡死のかげの谷」
은 「신조新潮」 1938년昭和13 3월호에 각각 발표하였다.

줄거리

아름다운 자연에 둘러싸인 다카하라高原의 풍경 속에서 무서운 병인 결핵을 앓고 있는
약혼자의 곁을 따르는 [나] 가 있다. 그녀에게 드리워진 죽음의 그림자를 두려워는 하지
만, 두 사람에게 남겨진 시간을 서로 의지하며 함께 살아가는 이야기이다.

바람과 같이 사라져 가는 시간의 흐름 속에서 인간의 실체를 알아가고, 사는 것 보다
는 죽는다는 것의 의미를 물음과 동시에, 죽음을 뛰어넘어 사는 것의 의미도 함께 묻고
있다. 시간을 초월한 생生의 의미와 행복감을 확립해 가는 과정을 그린 작품이다.

序曲

それらの夏の日々、一面に薄の生い茂った草原の中で、お前が立ったまま熱心に絵を描い
ていると、私はいつもその傍らの一本の白樺の木蔭に身を横たえていたものだった。そうして
夕方になって、お前が仕事をすませて私のそばに来ると、それからしばらく私達は肩に手をか
け合ったまま、遥か彼方の、縁だけ茜色(あかねいろ)を帯びた入道雲のむくむくした塊りに覆
われている地平線の方を眺めやっていたものだった。ようやく暮れようとしかけているその地
平線から、反対に何物かが生れて来つつあるかのように…………

번역문

서곡

그들의 여름날들은 온통 참억새가 무성한 초원 안에서 네가 선채로 열심히 그림을 그리고
있으면, 나는 언제나 그 곁의 한 그루의 자작나무 그림자에 몸을 누이고 있었던 것이다.
이윽고 해가 저물어 네가 일을 끝마치고 내 곁으로 오면 그때부터 얼마동안 우리들은 어깨에
손을 얹은 채, 가장자리만 암적색을 띤 적란운 구름 덩어리에 둘러싸인 아득히 먼 저편 지평
선 쪽을 바라보고 있었다. 점점 석양에 물들고 있는 그 지평선으로부터 반대쪽에 무엇인가가
살아서 계속 오고 있는 듯이…….

낱말풀이

薄（すすき）	참억새
生い茂る（おいしげる）	무성해지다. 우거지다.
傍ら（かたわら）	곁. 옆.
白樺（しらかば）	자작나무
木蔭（こかげ）	나무 밑. 나무 그늘.
横たえる（よこたえる）	옆으로 누이다. 가로로 놓다.
遥か（はるか）	멀리 떨어져 있음. 아득함.
彼方（あちら）	저기. 저쪽. 저편.
茜色（あかないろ）	암적색.
入道雲（にゅうどうぐも）	쌘비구름. 적란운
むくむく	(구름/ 연기 등이) 피어오르는 모양. 뭉게뭉게
塊り（かたまり）	덩어리. 뭉치. 집단. 떼. 무리.
覆う（おおう）	덮다. 씌우다.

《 29 》『사양斜陽』

다자이 오사무 太宰治
1909년(明治42년) 6월 19일~1948년(昭和23년) 6월 13일

■ 太宰治 _다자이 오사무

다자이 오사무太宰治는 소설가이고, 본명은 쓰시마 슈지津島修治이며 1936년昭和11년에 최초 작품집인 『만년晚年』을 간행했다. 1948년昭和23년 야마자키 도미에山崎富栄와 함께 다마가와조수이玉川上水에서 동반 자살하였고, 주요 작품으로 『달려라 메로스走れメロス』 『쓰가루津軽』 『사양斜陽』 『인간실격人間失格』 등이 있다. 작풍으로부터 사카구치 앙고坂口安吾, 오다 사쿠노스케織田作之助, 이시가와 준石川淳 등과 함께 신희작파新戯作派 또는 무뢰파無頼派라 불렸다.

『사양斜陽』은 1947년에 발표 된 소설로 『신조新潮』에 1947년 7월부터 10월에 걸쳐 연재되었다. 단행본이 같은 해 신조사新潮社로부터 간행되었고, 문단으로부터 높은 평가를 받았다.

朝、食堂でスウプを一さじ、すっと吸ってお母さまが、

「あ」

と幽かな叫び声をお挙げになった。

「髪の毛？」

　スウプに何か、イヤなものでも入っていたのかしら、と思った。

「いいえ」

　お母さまは、何事も無かったように、またひらりと一さじ、スウプをお口に流し込み、すましてお顔を横に向け、お勝手の窓の、満開の山桜に視線を送り、そうしてお顔を横に向けたまま、またひらりと一さじ、スウプを小さなお唇のあいだに滑り込ませた。ヒラリ、という形容は、お母さまの場合、決して誇張では無い。婦人雑誌などに出ているお食事のいただき方などとは、てんでまるで、違っていらっしゃる。弟の直治がいつか、お酒を飲みながら、姉の私に向ってこう言った事がある。

「爵位があるから、貴族だというわけにはいかないんだぜ。爵位が無くても、天爵というものを持っている立派な貴族のひともあるし、おれたちのように爵位だけは持っていても、貴族どころか、賤民にちかいのもいる。

▌번역문▌

　아침, 식당에서 수프를 한 숟가락 살짝 떠서 드신 어머니가

　‘아~’

하고 작은 소리를 내셨다.

“머리카락...?”

수프에 무엇인가 싫은 것이라도 들어있었던 건가? 하고 생각했다.

“아니다.”

어머니는 아무 일도 없었다는 듯이 또 후룩하고 한 스푼의 수프를 마신 후에 고개를 돌려 부엌 창문 쪽에 활짝 핀 산 벚꽃에 시선을 보내고 그렇게 고개를 돌린 채 또 다시 후룩하고 한 스푼의 수프를 작은 입술 사이로 흘려보냈다. 후룩이라는 표현은 어머니의 경우 결코 과장된 표현이 아니다. 부인잡지 등에 나와 있는 식사를 하고 있는 모델들의 모습과는 애당초 완전히 다른 모습이시다. 남동생 나오지直治가 언젠가 술을 마시면서 누나인 나를 향해 이렇게 말한 적이 있다.

　“작위가 있다고 해서 귀족이라고는 할 수 없는 것이야. 작위가 없어도 타고난 성품이라는 것을 지니고 있어 멋있는 귀족도 있고, 우리들처럼 작위만 있고 귀족은커녕 천민에 가까운 사람도 있다.”

106

낱말풀이

ひらり	「〜と」의 꼴로 가볍게 몸을 움직이는 모양. 훌쩍. 날쌔게. 휙하고.
流し込む	(물 등을) 부어 넣다. 흘려 넣다.
すます	끝내다. 마치다. (다른 것으로) 때우다. (그냥) 넘기다.
勝手	부엌. 살림살이. 형편.
滑り込む	(미끄러지듯) 들어가다. 가까스로 시간에 대다.
爵位	작위.
天爵	천작. 하늘이 내린 작위. 즉, 타고난.
賤民	천민

《 30 》 『금각사金閣寺』

미시마 유키오 三島由起夫
1925년(大正14년) 1월 14일~1970년(昭和45년) 11월 25일

미시마 유키오三島由起夫의 본명은 히라오카 키미타케平岡公威이며 소설가·희극작가·평론가·정치활동가·민족주의자 등 다양한 활동을 하였다. 전후戰後 일본 문학계를 대표하는 작가 중 한 사람이다. 대표작으로는 소설 『가면의 고백仮面の告白』·『파도소리潮騷』·『금각사金閣寺』·『가가코의 집鏡子の家』·『우국憂国』·『풍요의 바다豊饒の海』 4부작 등이 있다. 희곡으로는 『녹호관鹿鳴館』·『근대노가쿠집近代能楽集』·『사드 후작부인サド侯爵夫人』 등이 있다. 인공성과 구축성이 넘치는 유미적인 작풍이 특징이다.

■ 三島由起夫
_미시마 유키오

말년에는 정치적 경향이 강해져 자위대에 체험 입대를 하였으며, 민병조직 「다테노가이楯の会」를 결성하였다. 1969년 에토 고사부로江藤小三郎의 자살에 자극을 받아 1970년 11월 25일 「다테노가이楯の会」 대원 4명과 함께 자위대 이치가야市ヶ谷 주둔지(현 방위성防衛省 본부)를 방문하여, 동부방면 총감을 감금하였다. 감금 한 총감의 방 앞 베란다에서 구테타를 촉구하는 연설을 한 5분 후 할복자살하였다. 이 사건은 일본인들에게 큰 충격을 주었으며 신우익新右翼이 만들어지는 등 일본 정치운동에 막대한 영향을 주었다.

『금각사金閣寺』는 장편 소설로 미시마 유키오三島由起夫의 대표작이다. 금각사를 방화한 학승学僧의 심리를 딱딱하고 비정서적이지만, 정교하고 치밀한 고백체로 쓴 작품이다. 많은 평론가들로부터 일본문학을 대표하는 걸작 중 하나로 인정받고 있다. 1956년昭和31년 문예잡지『신조新潮』1월호부터 10월호에 연재하였고, 같은 해 10월 30일에 신조사新潮社에서 단행본을 간행했다.

柏木の言ったことはおそらく本当だ。

世界を変えるのは行為ではなくて認識だと彼は言った。そしてぎりぎりまで行為を模倣しようとする認識もあるのだ。私の認識はこの種のものだった。そして行為を本当に無効にするのもこの種の認識なのだ。してみると私の永い周到な準備は、ひとえに、行為をしなくてもよいという最終の認識のためではなかったか。

▌번역문▌

가시와기가 말한 것은 아마도 사실일거다.

세계를 변화시키는 것은 행위가 아닌 인식이라고 그는 말했다. 그리고 거의 마지막까지 행위를 모방하려는 인식도 있었다. 내가 생각하는 인식은 이런 종류의 것이었다. 그리고 행위를 정말 무효로 만드는 것도 이런 종류의 인식인 것이다. 그렇다고 하면 나의 영원한 그리고 주도면밀한 준비는 오로지 행위를 하지 않아도 괜찮다는 최종 인식 때문은 아니었는지...

낱말풀이

おそらく	아마. 필시. 어쩌면.
模倣(もほう)	모방
無効(むこう)	무효.
周到(しゅうとう)	주도. (준비 등이) 고루 미쳐서 빈틈이 없는.
ひとえに	오직. 오로지. 전적으로.

〖 31 〗「우울한 고양이青猫」·「대나무竹」

하기와라 사쿠타로 萩原朔太郎
1886년(明治19년) 11월 1일~1942년(昭和17년) 5월 11일

하기와라 사쿠타로萩原朔太郎는 시인이며, 다이쇼大正 시대에 근대시의 새로운 지평을 연「일본 근대시의 아버지」로 불린다. 1917년 2월 처녀시집『달에게 울부짖는다 — 月に吠える』간행으로 전국적으로 이름을 떨치게 되고, 1923년 1월『우울한 고양이青猫』를 간행하였다. 이것은『달에게 울부짖는다月に吠える』와 함께 사쿠타로朔太郎의 대표작이다. 기타하라 하쿠슈北原白秋를 이어 문화학원文化学院에서 교편을 잡았다. 그 외에도『나비를 꿈꾸다蝶を夢む』·『하기와라 사쿠타로 시집萩原朔太郎詩

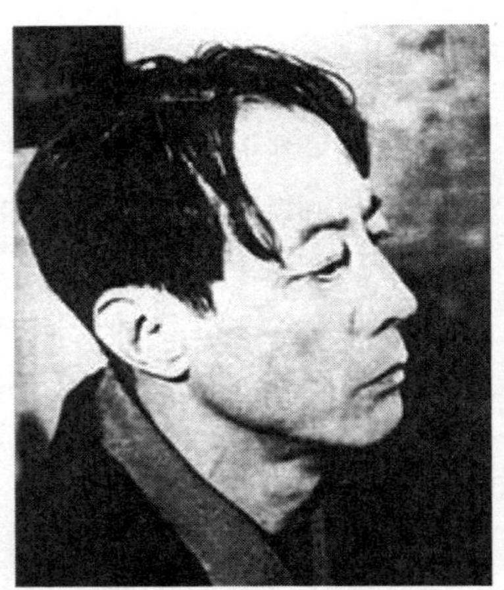

■ 萩原朔太郎 _하기와라 사쿠타로

集』등 작품들을 집성한『정본 우울한 고양이定本青猫』가 있다.『우울한 고양이青猫』는 하기와라 사쿠타로萩原朔太郎의 두 번째 시집으로 1923년大正12 발표하였고, 1917~23년까지 약 6년간 55편을 수록하였다. 자신이 쓴 서문에「감각이 아닌, 격정도 아닌, 흥분도 아닌, 그저 조용히 영혼의 그림자를 흘러가는 구름의 향수 — 感覚でない、激情でない、興奮でない、ただ静かに霊魂の影をながれる雲の郷愁」라고 서술하고 있는 것처럼, 시집의 기조는 우울한 정서였다.

「우울한 고양이青猫」를 쓸 즈음에는 「나의 생활이 가장 음울한 장마철이었다.」라고 후일 〈우울한 고양이를 집필할 즈음青猫を書いた頃〉에서 회상하고 있으며, 이 배경에는 19세에 중매결혼을 한 우에다 이네코上田稲子와의 결혼생활 실패에도 그 원인이 있었다.

　私の情緒は、激情（パッシヨン）といふ範疇に屬しない。　むしろそれはしづかな靈魂ののすたるぢやであり、　かの春の夜に聽く横笛のひびきである。

　ある人は私の詩を官能的であるといふ。　或はさういふものがあるかも知れない。　けれども正しい見方はそれに反對する。　すべての「官能的なもの」は、　決して私の詩のモチーヴでない。それは主音の上にかかる倚音である。　もしくは裝飾音である。

▌번역문▐

　내 정서는 열정이라는 범주에 속하지 않는다. 오히려 그것은 조용한 영혼의 향수鄕愁이고, 저 봄밤에 들리는 피리의 울림이다.

　어떤 사람은 내 詩를 관능적이라고 말한다. 어쩌면 그런 부분이 있을지도 모른다. 하지만 바른 관점은 그것에 반대한다. 모든 「관능적인 것」은 결코 내 시詩의 모티브는 아니다. 그것은 으뜸음 앞에서 꾸미는 음이다. 그렇지 않으면 장식음이다.

낱말풀이

情緒（じょうしょ）	정서. 정취.
激情（パッシヨン）	열정. 격정.
範疇（はんちゅう）	범주.
屬（ぞく）する	속하다.
靈魂（れいこん）	영혼.
のすたるぢや	nostelgia. 향수.
かの	저. 그.
横笛（よこぶえ）	횡적. 저. 적(피리)
ひびき	울림. 울리는 소리.
見方（みかた）	견해. 관점.

モチーヴ	모티브. 예술적 창작 활동의 중심사상.
主音（しゅおん）	주음. 으뜸음.
倚音（いおん）	앞꾸밈음.
醉ひ	[醉う]술에 취하다. 술기가 돌다. 도취하다. 황홀하다.

「青猫（あおねこ）」

萩原朔太郎（はぎわらさくたろう）

この美しい都會を愛するのはよいことだ
この美しい都會の建築を愛するのはよいことだ
すべてのやさしい女性をもとめるために
すべての高貴な生活をもとめるために
この都にきて賑やかな街路を通るのはよいことだ
街路にそうて立つ櫻の竝木
そこにも無數の雀がさへづつてゐるではないか。

▋번역문▋

하기와라 사쿠타로우 〈우울한 고양이〉

이 아름다운 도시를 사랑하는 것은 좋은 일이다
이 아름다운 도시의 건축을 사랑하는 것은 좋은 일이다
모든 상냥한 여성을 찾기 위해서
모든 고귀한 삶을 추구하기 위하여
이 도시에 와서 번화한 거리를 다니는 것은 좋은 일이다
거리를 따라 서있는 벚꽃 가로수
거기에도 무수한 참새들이 지저귀고 있는 것이 아닌가.

「竹<ruby>たけ</ruby>」

萩原朔太郎

光る地面に竹が生え、
青竹が生え、
地下には竹の根が生え、
根がしだいにほそらみ、
根の先より繊毛が生え、
かすかにけぶる繊毛が生え、
かすかにふるえ。(『月にほえる』)

▌번역문▐

하기와라 사쿠다로 〈대나무〉

빛나는 지면에 대나무가 자라,
푸른 대나무가 자라,
지하에는 대나무 뿌리가 자라,
뿌리가 점점 가늘어져,
뿌리 끝에서 잔뿌리가 자라,
살짝 부옇게 보이는 잔뿌리가 자라,
살짝 흔들려.

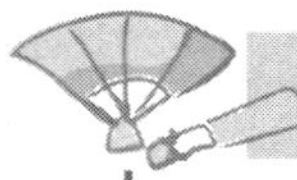

낱말풀이

繊毛	섬모. 가는 털. 세포 표면에 나온다는 털 모양의 돌기.
ふるえ	떨림.

《 32 》 「풍어大漁だいりょう」 외 「こだまでしょうか」·「生きること」

가네코 미스즈 金子みすずかねこ
1903년(明治36년) 4월 11일~1930년(昭和5년) 3월 10일

▌ 金子みすず _가네코 미스즈

가네코 미스즈金子みすずかねこ는 다이쇼大正시대 말기부터 쇼와昭和시대 초기에 걸쳐 활약한 동요시인이다. 본명은 가네코 테루金子テルかねこ이다. 26세라는 젊은 나이로 세상을 떠날 때까지 512편의 시詩를 지었다고 한다. 1923년大正12년 9월에 『동화童話』 『부인구락부婦人倶楽部』 『부인화보婦人画報』 『금성金の星』 등 4개의 잡지에 일제히 시詩를 연재하였다. 사이죠 야소西條八十さいじょうやそ는 젊은 동요시인 중 "가네코 미스즈金子みすずかねこ야말로 거성巨星이다." 라고 찬사를 보냈다. 「메아리일까요?こだまでしょうか」는 가네코 미스즈金子みすずかねこ의 작품으로, 사망 후 약 80년 이상 세월이 흘렀지만, 그 시詩는 전혀 고루하지 않고 지금도 자연스레 마음속으로 파고든다. 너무나도 빨리 이 세상을 떠난 가네코 미스즈金子みすずかねこ, 사망 후 그녀의 시詩는 흩어져 없어졌다. 그래서 환상 속의 동요시인으로 불린다. 하지만, 전후戰後 『일본동요집日本童謡集』이라는 서적에 「풍어大漁だいりょう」라는 시詩가 게재되었다. 그것이 동요시인 야자키 세쓰오矢崎節夫やざきせつお 씨의 눈에 우연히 들었고, 작품에 매료되어 약 16년간 미스즈みすず의 작품을 찾는다. 결국 가네코 미스즈金子みすずかねこ 타계 50년 후, 500여 편의 시詩를 기록하게 된다. 특히 2011년 3월 11일 일본동북대지진

이후, AC JAPAN의 광고(우리나라의 공익광고)에 「메아리일까요?こだまでしょうか」가 등장하며 많은 사람들을 위로했다.

「大漁」

金子みすず

朝焼小焼だ
大漁だ
大羽鰮の
大漁だ

浜は祭りのようだけど
海のなかでは
何万の
鰮のとむらい
するだろう

┃번역문┃

가네코 미스즈 〈풍어〉

아침 놀 붉은 놀
풍어다
참정어리
풍어다.

항구는 축제로 들떠 있지만
바다 속에는
수 만 마리
정어리들이 문상
하고 있겠지.

낱말풀이

大漁 (だいりょう)	풍어.
朝焼 (あさやけ)	아침노을.
大羽鰮 (おおばいわし)	참정어리.

「こだまでしょうか」

金子(かねこ)みすず

「遊ぼう」っていうと
「遊ぼう」っていう。
「馬鹿」っていうと
「馬鹿」っていう。
「もう遊ばない」っていうと
「遊ばない」っていう。
そうして、あとで
さみしくなって、
「ごめんね」っていうと
「ごめんね」っていう。
こだまでしょうか、
いいえ、誰でも。

▌번역문▌

가네코 미스즈 〈메아리일까요?〉

"노 올 ~자"라고 하면
"노올자"라고 하고
"바보"라고 하면
"바보"라고 한다.

116

"이제 그만 놀자"라고 말하면
"그만 놀자"라고 말한다.
그래서 나중에
쓸쓸해져서
"미안"이라고 말하면
"미안"이라고 말한다.
메아리일까요?
아니에요. 아무도.

「生きること」

金子みすず

荒ぶれた魂よ　静まれ　ここが少しでも
その荒ぶれた　心を　静めてくれるなら
　　私は　嬉しい　　　POET-RING

生きること
生きていくこと
それは、とても大変で
つらいことだけれど
大切なことだよ

文字にすると、なぜ大切なのか
思うことが伝えにくく
なかなか伝わらないことだけど
きみに、すこしでも
伝えることが出来るなら

▮번역문▮

가네코 미스즈 〈산다는 것〉

성난 영혼이여 진정하라 이곳이 조금이라도
그 성난 마음을 진정시켜 주면
나는 기쁘다.　　　POET-RING

산다는 것
살아간다는 것
그것은 대단히 어려운 일로
힘든 일이지만
소중한 일이에요.

글로 나타내면, 왜 소중한 일인지
생각하는 것을 전달하기 어렵고
좀처럼 전달되지 않지만
당신에게 조금이라도
전달하는 것이 가능하다면

《 33 》「후지富士」

가네코 미쓰하루 金子光晴
1895년(明治28년) 12월 25일~1975년(昭和50년) 6월 30일

가네코 미쓰하루金子光晴는 아이치현愛知県 쓰시마시津島市에서 태어난 시인이다. 본명은 安和이고 남동생도 시인이자 소설가인 오오시카 타쿠大鹿卓이고, 부인도 시인인 모리 미치요森三千代 그의 아들은 번역가 모리 켄森乾이다.

교세이暁星중학교를 졸업하고, 와세다대학早稲田大学 고등예과문과高等予科文科, 동경미술학교東京美術学校 일본화과日本画科, 게이오기숙대학慶應義塾大学 문학부예과文学部予科에서 수학하였으나 모두 중퇴하였다.

■ 金子光晴 _가네코 미쓰하루

富士

金子光晴

重箱のように
狭っくるしいこの日本。

すみからすみまでみみっちく
俺達は数えあげられているのだ。
そして、失礼千万にも
俺達を招集しやがるんだ。

戸籍簿よ。早く焼けてしまえ。
誰も。俺の息子をおぼえてるな。

息子よ。
この手のひらにもみこまれていろ。
帽子のうらへ一時、消えていろ。

　父と母とは、裾野の宿で
　一晩じゅう、そのことを話した。

　裾野の枯林をぬらして
　小枝をピシピシ折るような音を立てて
夜どおし、雨がふっていた。

息子よ。ずぶぬれになったお前が
重たい銃を曳きずりながら、喘ぎながら
自失したようにあるいている。それはどこだ？

どこだかわからない。が、そのお前を
　父と母とがあてどなくさがしに出る
　そんな夢ばかりのいやな一夜が
　長い、不安な夜がやっと明ける。

　雨はやんでいる。
　息子のいないうつろな空に
　なんだ。糞面白くもない
　あらいざらした浴衣のような
　富士。

** 召集：戦時中、国が男子の国民に、軍隊に入れと命令を下すこと、いわゆる「赤ガミ」。召集に応ずる事
は、国民の義務の一つとされていた。　　　　　　　　　　　　(高校2年の教科書に掲載)

▮번역문▮

가네코 미쓰하루 〈후지〉

층층이 겹친 찬합처럼
좁아서 옹색한 일본.

구석구석 빠짐없이
우리를 하나하나 세고 있는 것이다.
그리고 무례하기 짝이 없게도
우리들을 징집해대고 있다.

호적부여. 어서어서 활활 타버려라.
그 누구도 내 아들을 기억하지 마라.

아들아.
이 손바닥에라도 꼭꼭 숨어있어라.
모자 속에라도 잠시 사라져 있거라.

　아버지와 어머니는 산기슭 들판의 집에서
　하룻밤 내내 그 이야기를 했다.

　산기슭 들판 마른 숲을 적시고
　잔가지를 뚝뚝 꺽는 소리를 내며
　밤새도록 비가 내렸다.

아들아. 흠뻑 젖은 네가
무거운 총을 질질 끌며, 숨을 헐떡이며
혼이 나간 것처럼 걷고 있구나. 거긴 어디냐?

어디인지 잘 모른다. 하지만 정처 없이 찾아 나섰다.
 그런 꿈같은 괴로운 하룻밤이
 길고도 불안했던 밤이 드디어 밝았다.

비가 그쳤다.
아들이 없는 공허한 하늘에
이건 뭔가. 정말 시시한
낡아 색 바랜 유타카같은
후지.

낱말풀이

じゅうばこ 重箱	찬합.
せま 狭っくるしい	좁아서 답답하다. 갑갑하도록 좁다.
みみっちく	인색하다. 좀스럽다.
失礼千万	무례하기 짝이 없다.
~やがる	동사의 연용형, 조동사 [れる·られる·せる·させる]의 연용형에 접속한다. 경멸/ 증오/ 조롱 등의 감정을 담아 상대를 멸시하는 표현. [~해 대다.]
こせきぼ 戸籍簿	호적부.
おぼえてるな	외우고 있지 마라. [おぼえている] + 금지를 나타내는 조사 [な]가 접속된 형태.
みこむ	유망하다고보다. 기대하다. 내다보다. 예상하고 계산에 넣다. 집요하게 달라붙다 들리다.
すそ の 裾野	산기슭이 완만하게 경사져서 멀리까지 펼쳐진 들판.
夜どおし	밤새도록.
ずぶぬれ	흠뻑 젖음.
ひ 曳きずる	질질 끌다. 억지로 끌고 가다.
あえ 喘ぐ	헐떡이다. 숨차하다. 허덕이다. 괴로워하다.
じ しつ 自失した	얼이 빠졌다.
あてどなく	목적지도 없이. 목표도 없이.
あらいざらした	빨아서 말렸다. [あらう]의 연용형 + [さらす]의 형태.

《 34 》 日本의 하이쿠俳句

고바야시 잇사 小林一茶
마사오카 시키 正岡子規

小林一茶 宝曆13년 5월 5일(1763년 6월 15일)~文政10년 11월 19일(1828년 1월 5일)

고바야시 잇사小林一茶는 에도江戶시대를 대표하는 하이카이시俳諧師의 한 사람이다. 본명은 고바야시 미타로小林弥太郎, 배호俳号는 坦橋·菊明·亜堂·雲外·一茶坊·二六庵·俳諧寺 등이 있지만, 잇사一茶라 부른다.

마사오카 시키正岡子規는 「잇사의 하이쿠를 평하다 一茶の俳句を評す」에서 「하이쿠의 본질에 있어서 잇사의 특징은 주로 골계, 풍자, 자애라는 세 가지 점에 있다」라고 서술하고 있다. 이는 유소년기 때 거친 가정환경 즉, 「의붓자식인 잇사」와 계모와의 사이에서 발생할 수밖에 없었던 정신적 알력이 작품 발상의 원천이 되어 자학적인 하이쿠 풍을 만들기 시작하였다. 또한 풍토와 함께 존재하는 농민의 시점

■ 小林一茶 _고바야시 잇사

과 평이하고 소박한 어휘로 하이쿠를 쓰는 잇사의 작품은 요사 부손与謝蕪村의 하이쿠와는 대비된다.

正岡子規 1867년 10월 14일(慶応3년) 9월 17일~1902년(明治35년) 9월 19일

마사오카 시키正岡子規는 하이카이 시인俳人·가인歌人·국어학연구가国語学研究家이다. 이름은 쓰네노리常規, 어린 시절 이름은 도코로 노스케処之助이지만 나중에 노보루升로 바꾼다. 하이쿠俳句·단가短歌·신체시新体詩·소설·평론·수필 등 다방면에 걸쳐 창작 활동을 한 메이지明治시대를 대표하는 문학자의 한 사람이다. 짧은 생애였지만 하이쿠俳句·단가短歌의 개혁운동을 달성해낸 시키子規는 일본 근현대문학에 있어서 단시형문학短詩型文学의 방향을 제시한 개혁자로 높이 평가받고 있다.

하이쿠俳句는 5·7·5의 음수율을 지닌 17자로 구성된 일본의 짧은 정형시로, 일본문학의 흐름 속에서 오랜 역사

正岡子規 _마사오카 시키

와 전통을 지니고 있다. 하이쿠는 기본적인 규칙 몇 가지만 이해하면 창작 할 수 있어 여전히 일본 대중들에게 호평을 받고 있다. 그 첫 번째 규칙은 계절을 상징하는 계어季語가 반드시 하이쿠 안에 있어야 한다는 것이다. 계절을 상징하는 시어詩語를 가리키는 말로, 특정한 계절을 환기시키면서 오랜 일본 시가 문학의 흐름 속에서 형성된 미의식을 함축적으로 나타낸 것이다. 두 번째 규칙은 짧은 시의 형태인 만큼 단숨에 읽어 내려가는 것을 막기 위해 가능하면 [기레지切字]를 사용해야 한다. 기레지切字는 5·7·5의 음수율 중에서 어느 한 단락에서 끊어줌으로써 강한 영탄詠嘆이나 여운을 줄 때 사용하는 표현을 말한다. 예를 들면 '~や', '~ かな', '~ けり'와 같은 것이다.

小林一茶

雪とけて村いっぱいの子どもかな
やれ打つな蠅が手をすり足をする
やせ蛙まけるな一茶これにあり

┃번역문┃

눈이 녹으니 온 마을 넘쳐나는 어린아이들
야 치지 마라 파리가 손 비비고 발을 비빈다
야윈 개구리 지지 마라 잇사가 여기에 있다

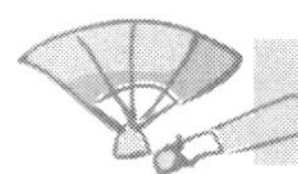

낱말풀이

やれ	남을 부르는 소리. 이봐요. 야.
打つな	때리지 마라. 치지 마라. [치다. 때리다-打つ] + 금지의 조동사 [な]가 접속된 형태. 금지의 조동사[な]는 동사의 종지형에 접속된다.
まけるな	지지 마라. [지다. 패배하다-まける]+ 금지의 조동사[な]가 접속된 형태.

正岡子規

柿くへば鐘が鳴るなり法隆寺

をとゝひのへちまの水も取らざりき

鶏頭の十四五本もありぬべし

┃번역문┃

감을 먹으니 종이 울리는구나 호오류우지
그저께 받을 수세미 꽃의 즙도 받지 못하고
맨드라미가 열네다섯 송이는 있을 터이다

낱말풀이

くへば	먹으면. [먹다 – 食ふ]의 가정형.
へちま	수세미.
取らざりき	받지 못했다. [집다. 쥐다. 받다 –取る]의 부정형+부정의 조동사 [ず]의 연용형 [ざり]+과거 회상의 조동사[き]가 접속된 형태이다.
鶏頭	맨드라미.
ありぬべし	있을 터이다. [ある]의 연용형+완료의 조동사[ぬ]의 종지형 + 추량의 조동사 [べし]가 접속된 형태.

《 35 》「도정道程」

다카무라 고타로 高村光太郎
1883년(明治16년) 3월 13일~1956년(昭和31년) 4월 2일

다카무라 고타로高村光太郎는 시인·조각가이고, 도쿄부東京府 도쿄시東京市(현재 도쿄도東京都 다이토구台東区) 출신이다. 본명은 光太郎라고 쓰고 「미쓰타로みつたろう」라 읽는다. 원래는 조각가·화가였지만, 오늘날에는 『도정道程』, 『지에코이야기智恵子抄』 등의 시집이 유명하며, 교과서에 많은 작품이 게재되었기 때문에 시인으로 이름을 알렸다. 평론이나 수필, 단가短歌 등의 작품도 있다.

▌高村光太郎 _다카무라 고타로

「道程」

高村光太郎

僕の前に道はない
僕の後ろに道は出来る
ああ、自然よ
父よ

僕を一人立ちにさせた広大な父よ
僕から目を離さないで守る事をせよ
常に父の気魄を僕に充たせよ
この遠い道程のため
この遠い道程のため

▌번역문▌

다카무라 고타로 〈도정〉

내 앞에 길은 없다
내 뒤에 길은 만들어진다
아아, 자연이여
아버지여
나를 홀로 서게 한 거대한 아버지여
나로부터 눈을 떼지 말고 지켜주소서
언제나 아버지의 기백을 나에게 충만케 하소서
이 먼 도정을 위해
이 먼 도정을 위해

낱말풀이

気魄（き はく）	기백.
一人立ち（だ）	독립. 자립.
道程（どうてい）	과정. 여정. 노정(路程)

부록

■ 詩 ………………………………………… 130
■ 俳句 ……………………………………… 161
■ 短歌 ……………………………………… 165
■ いろはかるた …………………………… 168
■ 참고도판 및 그림자료 ………… 172

詩

熊

　　　　壺井繁治

三月半ばだというのに
今朝は珍しい大雪だ
長靴をはいて
雪の中をざくざく歩くと
これはまたわが足跡のなんと大きなこと
東京のまん中で熊になった
人間は居らぬか
人間という奴は居らぬか

▋「壺井繁治全詩集──　戦時下」より　[中学1年]

天

　　　　高見順

どの辺からが天であるか
蔦（とび）の飛んでゐるところは天であるか

人の眼（め）から隠れて
こゝに
静かに熟れてゆく果実がある
おゝ　　その果実の周囲は既に天に属してゐる

▋「樹木派」より　[高校1年]

130

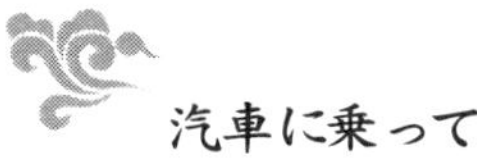

汽車に乗って

丸山薫

汽車に乗って、
アイルランドのようないなかへ行こう。
人々が祭の日がさをくるくるまわし、
日が照りながら雨の降る、
アイルランドのようないなかへ行こう。
まどにうつった自分の顔を道づれにして、
湖水をわたりトンネルをくぐり、
めずらしい顔のおとめや牛の歩いている、
アイルランドのようないなかへ行こう。

▌「幼年」より　[中学1年]

あどけない話

高村光太郎

智恵子は東京に空が無いといふ、
ほんとの空が見たいといふ。
私は驚いて空を見る。
桜若葉の間に在るのは、
切っても切れない
むかしなじみのきれいな空だ。
どんよりけむる地平のぼかしは
うすもも色の朝のしめりだ。
智恵子は遠くを見ながら言ふ。
阿多多羅山の山の上に
毎日出てゐる青い空が
智恵子のほんとの空だといふ。
あどけない空の話である。

▌「智恵子抄」より　[高校2年]

レモン哀歌

高村光太郎

そんなにもあなたはレモンを待つてゐた
かなしく白くあかるい死の床で
わたしの手からとった一つのレモンを
あなたのきれいな歯ががりりと嚙んだ
トパアズいろの香気が立つ
その数滴の天のものなるレモンの汁は
ぱっとあなたの意識を正常にした
あなたの青く澄んだ眼がかすかに笑ふ、
わたしの手を握るあなたの力の健康さよ
あなたの咽喉に嵐はあるが
かういふ命の瀬戸ぎはに
智恵子はもとの智恵子となり
生涯の愛を一瞬にかたむけた
それからひと時
昔山巓でしたやうな深呼吸を一つして
あなたの機関はそれなり止まつた
写真の前に挿した桜の花かげに
すずしく光るレモンを今日も置かう

▌「智恵子抄」より　[中学3年]

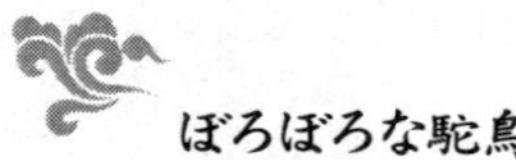

ぼろぼろな駝鳥

高村光太郎

何が面白くて駝鳥を飼ふのだ。
動物園の四坪半のぬかるみの中では、
脚が大股過ぎるぢやないか。

頸があんまり長過ぎるぢやないか。

雪の降る国はこれでは羽がぼろぼろ過ぎるぢやないか。

腹がへるから堅パンも食ふだらうが、

駝鳥の眼は遠くばかり見てゐるぢやないか。

身も世もない様に燃えてゐるぢやないか。

瑠璃色の風が今にも吹いて来るのを待ちかまへてゐるぢやないか。

あの小さな素朴な頭が無辺代の夢で逆まいてゐるぢやないか。

これはもう駝鳥ぢやないぢやないか。

人間よ、

もう止せ、こんな事は。

▎「猛獣篇」より [中学3年]

冬が来た

　　　　　　　　高村光太郎

きっぱりと冬が来た

八つ手の白い花も消え

公孫樹の木も箒になった

きりきりともみ込むような冬が来た

人にいやがられる冬

草木に背かれ、虫類に逃げられる冬が来た

冬よ

僕に来い、僕に来い

僕は冬の力、冬は僕の餌食だ

しみ透れ、つきぬけ

火事を出せ、雪で埋めろ

刃物のような冬が来た

▎「道程」より [中学1年]

雨ニモマケズ

宮沢賢治

雨ニモマケズ
風ニモマケズ
雪ニモ夏ノ暑サニモマケヌ
丈夫ナカラダヲモチ
慾ハナク
決シテ瞋ラズ
イツモシヅカニワラッテヰル
一日ニ玄米四合ト
味噌ト少シノ野菜ヲタベ
アラユルコトヲ
ジブンヲカンジョウニ入レズニ
ヨクミキキシワカリ
ソシテワスレズ
野原ノ松ノ林ノ蔭ノ
小サナ萱ブキノ小屋ニヰテ
東ニ病気ノコドモアレバ
行ッテ看病シテヤリ
西ニツカレタ母アレバ
行ッテソノ稲ノ束ヲ負ヒ
南ニ死ニサウナ人アレバ
行ッテコハガラナクテモイヽトイヒ
北ニケンクヮヤソショウガアレバ
ツマラナイカラヤメロトイヒ
ヒドリノトキハナミダヲナガシ
サムサノナツハオロオロアルキ
ミンナニデクノボートヨバレ
ホメラレモセズ
クニモサレズ

134

サウイフモノニ

ワタシハ

ナリタイ

▌（自筆の手帳より）[中学2年]

春(作品第七〇九番)

宮沢賢治

陽が照って鳥が啼き

あちこちの楢の林も、

けむるとき

ぎちぎちと鳴る　汚ない掌を、

おれはこれからもつことになる

▌「春と修羅」第三集より　[高校2年]

高原

宮沢賢治

海だべがど　　おら　　おもたれば

やつぱり光る山だたぢやい

ホウ

髪毛　　風吹けば

鹿踊りだぢやい

▌「春と修羅」第一集より [高校2年]

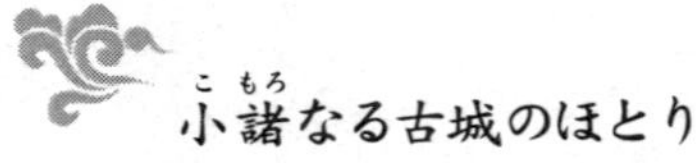

小諸なる古城のほとり

島崎藤村

小諸なる古城のほとり
雲白く遊子悲しむ
緑なすはこべは萌えず
若草も籍くによしなし
しろがねの衾の岡辺
日に溶けて淡雪流る

あたたかき光はあれど
野に満つる香りも知らず
浅くのみ春は霞みて
麦の色はつかに青し
旅人の群れはいくつか
畠中の道を急ぎぬ

暮れゆけば浅間も見えず
歌哀し佐久の草笛
千曲川いざよふ波の
岸近き宿にのぼりつ
濁り酒濁れる飲みて
草枕しばし慰む

▌「落梅集」より ［高校2年］

136

椰子の実

島崎藤村

名も知らぬ遠き島より

流れ寄る椰子の実一つ

故郷の岸を離れて

汝はそも波に幾月

旧の樹は生ひや茂れる

枝はなほ影をやなせる

われもまた渚を枕

孤身の浮き寝の旅ぞ

実をとりて胸にあつれば

新たなり流離の憂ひ

海の日の沈むを見れば

激り落つ異郷の涙

思ひやる八重の潮々

いづれの日にか国に帰らん

▎「落梅集」より ［中学3年］

潮音

　　　　　島崎藤村

わきてながる、
やほじほの
そこにいざよふ
うみの琴
しらべもふかし
も、かはの
よろづのなみを
よびあつめ
ときみちくれば
うら、かに
とほくきこゆる
はるのしほのね

▌「若菜集」より ［中学2年］

竹

　　　　　萩原朔太郎

光る地面に竹が生え、
青竹が生え、
地下には竹の根が生え、
根がしだいにほそらみ、
根の先より繊毛が生え、
かすかにけぶる繊毛が生え、
かすかにふるえ。

かたき地面に竹が生え、
地上にするどく竹が生え、
まつしぐらに竹が生え、
凍れる節節りんりんと、
青空のもとに竹が生え、

竹、竹、竹が生え。

▌「月に吠える」より[高校2年]

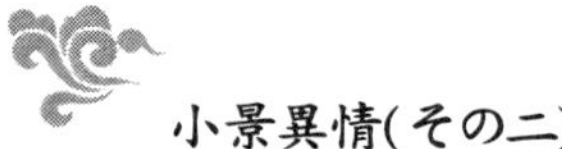

小景異情(その二)

室生犀星

ふるさとは遠きにありて思ふもの
そして悲しくうたふもの
よしや
うらぶれて異土の乞食となるとても
帰るところにあるまじや
ひとり都のゆふぐれに
ふるさとおもひ涙ぐむ
そのこころもて
遠きみやこにかへらばや
遠きみやこにかへらばや

▌「抒情小曲集」より [高校一年]

ふるさと

室生犀星

雪あたたかくとけにけり
しとしとしとと融けゆけり
ひとりつつしみふかく
やはらかく
木の芽に息をふきかけり
もえよ
木の芽のうすみどり
もえよ
木の芽のうすみどり

▌「抒情小曲集」より [高校2年]

寂しき春

室生犀星

したたり止まぬ日のひかり
うつうつまはる水ぐるま
あをぞらに
越後の山も見ゆるぞ
さびしいぞ

一日 もの言はず
野にいでてあゆめば
菜種のはなは波をつくりて
いまははや
しんにさびしいぞ

▌「抒情小曲集」より [中学3年]

140

朱の小箱

　　　　　室生犀星

君がかはゆげなる卓のうへに
いろも朱なる小箱には
なにを秘めたまへるものなりや
われきみが窓べをすぎむとするとき
小箱まづ目にうつり
こころをどりてやまず
そは優しかるたまづさのたぐひか
もしくば
うらわかき娘ごころをのべたまふ
やさしかるうたのたぐひか

▎「青き魚を釣る人」より　[高校2年]

朝を愛す

　　　　　室生犀星

僕は朝を愛す
日のひかり満ち亘る朝を愛す
朝は気持が張り詰め
感じが鋭く
何物かを嗅ぎ出す新しさに餓ゑてゐる
朝ほど濁らない自分を見ることがない
朝は生れ立ての自分を遠くに感じさせる

朝は素直に物が感じられ
頭はハッキリと無限に広がってゐる
木立を透く冬の透明さに似てゐる

141

昂奮さへも静かさを持って迫って来るのだ
朝の間によい仕事をたぐりよせ
その仕事の精髄を掴み出す快適さを感じる
自分は朝の机の前に坐り
暫らく静かさを身に感じるため
動かずじっとしてゐる
じっとしてゐる間に朝のよい要素が自分を囲ひ
自然のよい作用が精神発露となる迄
自分は動かず多くの玲瓏たるものに烈しく打たれてゐる

▌「日本詩集」より　[高校3年]

春の河

山村暮鳥

たつぷりと
春の河は
ながれてゐるのか
ゐないのか
ういてゐる
藁くづのうごくので
それとしられる

▌「雲」より [高校1年]

雲

山村暮鳥

おうい　雲よ
ゆうゆうと
馬鹿に　のんきさうぢやないか

142

　どこまで　ゆくんだ
　ずっと　磐城平の方まで　ゆくんか

▌「雲」より　[中学1年]

自分はいまこそ言はう

山村暮鳥

　なんであんなにいそぐのだらう
　どこまでゆかうとするのだらう
　どこで此の道がつきるのだらう
　此の生の一本みちがどこかでつきたら
　人間はそこでどうなるだらう
　おお此の道はどこまでも人間とともにつきないのではないか
　谿間をながれる泉のやうに
　自分はいまこそ言はう
　人生はのろさにあれ
　のろのろと蝸牛のやうであれ
　そしてやすまず
　一生に二どと通らぬみちなのだからつつしんで
　自分は行かうと思ふと

▌「風は草木にささやいた」より　[中学2]

人間に與へる詩

山村暮鳥

　そこに太い根がある
　これをわすれてゐるからいけないのだ
　腕のやうな枝をひき裂き
　葉っぱをふきちらし

143

頑丈な樹幹をへし曲げるやうな大風の時ですら

まっ暗な地べたの下で

ぐっと踏張ってゐる根があると思へば何でもないのだ

それでいいのだ

そこに此の壯麗がある

樹木をみろ

大木をみろ

このどっしりとしたところはどうだ

■「風は草木にささやいた」より　[高校2年]

薔薇

北原白秋

薔薇ノ木に
薔薇ノ花サク。

ナニゴトノ不思議ナケレド

■「白金之独楽」より　[高校1年]

落葉松

北原白秋

一
からまつの林を過ぎて、
からまつをしみじみと見き。
からまつはさびしかりけり。
たびゆくはさびしかりけり。
二
からまつの林を出でて、

144

からまつの林に入りぬ。
からまつの林に入りて、
また細く道はつづけり。
三
からまつの林の奥も
わが通る道はありけり。
霧雨のかかる道なり。
山風のかよふ道なり。
四
からまつの林の道は
われのみか、ひともかよひぬ。
ほそぼそと通ふ道なり。
さびさびといそぐ道なり。
五
からまつの林を過ぎて、
ゆゑしらず歩みひそめつ。
からまつはさびしかりけり、
からまつとささやきにけり。
六
からまつの林を出でて、
浅間嶺にけぶり立つ見つ。
浅間嶺にけぶり立つ見つ。
からまつのまたそのうへに。
七
からまつの林の雨は
さびしけどいよよしづけし。
かんこ鳥鳴けるのみなる。
からまつの濡るるのみなる。
八
世の中よ、あはれなりけり。
常なけどうれしかりけり。

<ruby>山川<rt>やまがわ</rt></ruby> に山がはの音、
からまつにからまつのかぜ。

▮「水墨集」より　[中学３年]

初戀

北原白秋

薄らあかりにあかあかと
踊るその子はただひとり。
薄らあかりに涙して
消ゆるその子もただひとり。
薄らあかりに、おもひでに、
踊るそのひと、そのひとり。

▮「思ひ出」より　[高校2年]

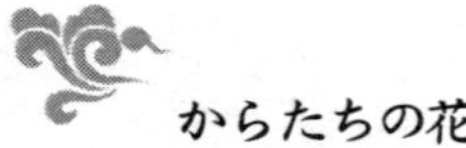

からたちの花

北原白秋

からたちの花が咲いたよ。
白い白い花が咲いたよ。

からたちのとげはいたいよ。
青い青い針のとげだよ。

からたちは<ruby>畑<rt>はた</rt></ruby>の<ruby>垣根<rt>かきね</rt></ruby> よ。
いつもいつもとほる道だよ。

からたちも秋はみのるよ。
まろいまろい金のたまだよ。

146

からたちのそばで泣いたよ。

みんなみんなやさしかつたよ。

からたちの花が咲いたよ。

白い白い花が咲いたよ。

▌「白秋詩集」より [中学2年]

待ちぼうけ

北原白秋

待ちぼうけ、　待ちぼうけ。

　　ある日、せっせと、　　野良かせぎ、

　　そこへ兎が飛んで出て、

　　ころり、ころげた

　　木のねっこ。

待ちぼうけ、　待ちぼうけ。

　　しめた、これから寝て待とうか、

　　待てば獲ものは　駆けて来る。

　　兎ぶつかれ、

　　木のねっこ。

待ちぼうけ、待ちぼうけ。

　　きのう鍬とり、畑仕事

　　きょうは頬づえ、日向ぼこ。

　　うまい切り株、

　　木のねっこ

待ちぼうけ、待ちぼうけ。

　　きょうはきょうはで待ちぼうけ、

あすはあすはで森のそと
兎待ち待ち、
木のねっこ

待ちぼうけ、待ちぼうけ。
もとは涼しい黍畑、
いまは荒野の箒草
寒い北風、
木のねっこ

▋「日本の詩歌 別巻」より ［中学2年］

月夜の浜辺

中原中也

月夜の晩に、ボタンが一つ
波打際に、落ちてゐた。

それを拾つて、役立てようと
僕は思つたわけでもないが
なぜだかそれを捨てるに忍びず
僕はそれを、袂に入れた。

月夜の晩に、ボタンが一つ
波打際に、落ちてゐた。
それを拾つて、役立てようと
僕は思つたわけでもないが
月に向つてそれは抛れず
浪に向つてそれは抛れず
僕はそれを、袂に入れた。

月夜の晩に、拾つたボタンは
指先に沁み、心に沁みた。

月夜の晩に、拾つたボタンは
どうしてそれが、捨てられようか？

▍「在りし日の歌」より　[中学2年]

骨

中原中也

ホラホラ、これが僕の骨だ、
生きてゐた時の苦労にみちた
あのけがらはしい肉を破つて、
しらじらと雨に洗はれ、
ヌックと出た、骨の尖。

それは光沢もない、
ただいたづらにしらじらと、
雨を吸収する、
風に吹かれる、
幾分空を反映する。

生きてゐた時に、
これが食堂の雑踏の中に、
坐つてゐたこともある、
みつばのおしたしを食つたこともある、
と思へばなんとも可笑しい。

ホラホラ、これが僕の骨——
見てゐるのは僕？　　可笑しなことだ。
霊魂はあとに残つて、

また骨の処にやつて来て、
見てゐるのかしら？

故郷の小川のへりに、
半ば枯れた草に立つて、
見てゐるのは、――僕？

恰度立札ほどの高さに、
骨はしらじらととんがつてゐる。

▌「在りし日の歌」より ［高校2年］

窓

草野心平

波はよせ。
波はかへし。
波は古びた石垣をなめ。
陽の照らないこの入江に。
波はよせ。
波はかへし。
下駄や藁屑や。
油のすぢ。
波は古びた石垣をなめ。
波はよせ。
波はかへし。
波はここから内海につづき。
外洋につづき。
はるかの遠い外洋から。
波はよせ。
波はかへし。

波は涯しらぬ外洋にもどり。

雪や

霙や。

晴天や。

億万の年をつかれもなく。

波はよせ。

波はかへし。

波は古びた石垣をなめ。
愛や憎悪や悪徳の。
その鬱積の暗い入江に。

波はよせ。

波はかへし。

波は古びた石垣をなめ。

みつめる潮の干満や。

みつめる世界のきのふやけふ。

ああ。

波はよせ。

波はかへし。

波は古びた石垣をなめ。

▌「絶景」より ［中学1年］

素朴な琴

八木重吉

この明るさのなかへ

ひとつの素朴な琴をおけば

秋の美しさに耐えかね

琴はしずかに鳴りいだすだろう

▌「貧しき信徒」より ［中学2年］

151

果物

八木重吉

秋になると
果物はなにもかも忘れてしまって
うっとりと実のってゆくらしい

▎「貧しき信徒」より

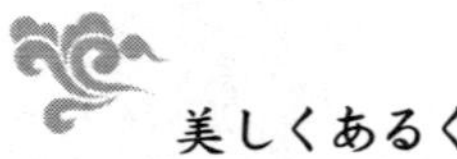

美しくあるく

八木重吉

こどもが
せっせっ　せっせっ　とあるく
すこしきたならしくあるく
そのくせ
ときどきちらっとうつくしくなる

▎「貧しき信徒」より

蟻

八木重吉

蟻のごとく
ふわふわふわ　とゆくべきか
おおいなる蟻はかるくゆく

▎「貧しき信徒」より

春

八木重吉

ほんとによく晴れた朝だ
桃子は窓をあけて首をだし
桃ちゃん　　いい子　　いい子うよ
桃ちゃん　　いい子　　いい子うよって歌っている

▌「貧しき信徒」より

母をおもう

八木重吉

けしきが
あかるくなってきた
母をつれて
てくてくあるきたくなった
母はきっと
重吉よ重吉よといくどでもはなしかけるだろう

▌「貧しき信徒」より [中学1年]

少年の日

佐藤春夫

1
野ゆき山ゆき海辺ゆき
眞ひるの丘べ花を敷き
つぶら瞳（ひとみ）の君ゆゑに
うれひは青し空よりも。

2

影おほき林をたどり
夢ふかきみ瞳を戀ひ
あたたかき眞昼の丘べ
花を敷き、あはれ若き日。

3

君が瞳はつぶらにて
君が心は知りがたし
君をはなれて唯ひとり
月夜の海に石を投ぐ。

4

君は夜な夜な毛糸編む
銀の編み棒にあむ糸は
かぐろなる糸あかき糸
そのランプ敷き誰がものぞ。

■「殉情詩集」より　[中学2年]

君死にたまふことなかれ
　　　（旅順の攻圍軍にある弟宗七を歎きて）
　　　　　　　　与謝野晶子

ああ、弟よ、君を泣く、
君死にたまふことなかれ。
末に生れし君なれば
親のなさけは勝りしも、
親は刃をにぎらせて
人を殺せと教へしや、
人を殺して死ねよとて
廿四までを育てしや。

堺の街のあきびとの
老舗を誇るあるじにて、
親の名を継ぐ君なれば、
君死にたまふことなかれ。
旅順の城はほろぶとも、
ほろびずとても、何事ぞ、
君は知らじな、あきびとの
家の習ひに無きことを。

君死にたまふことなかれ。
すめらみことは、戦ひに
おほみづからは出でまさね ［「出でまさね」は底本では「出でませね」］、
互に人の血を流し、
獣の道に死ねよとは、
死ぬるを人の誉れとは、
おほみこころの深ければ、
もとより如何で思されん。

ああ、弟よ、戦ひに
君死にたまふことなかれ。
過ぎにし秋を父君に
おくれたまへる母君は、
歎きのなかに、いたましく、
我子を召され、家を守り、
安しと聞ける大御代も
母の白髪は増さりゆく。

暖簾のかげに伏して泣く
あえかに若き新妻を
君忘るるや、思へるや。
十月も添はで別れたる

少女ごころを思ひみよ。
この世ひとりの君ならで
ああまた誰を頼むべき。
君死にたまふことなかれ。

■「晶子詩集全集より」

母

　　　　　　吉田一穂

あゝ麗はしい距離、
つねに遠のいてゆく風景…………

悲しみの彼方、母への、
捜り打つ夜半の最弱音。

■『海の聖母』より

黄金虫

　　　　　　野口雨情

黄金虫は、　　　金持ちだ。
金蔵建てた　、　蔵建てた。
飴屋で水飴　、　買って来た。

黄金虫は、　　　金持ちだ。
金蔵建てた、　　蔵建てた。
子供に水飴、　　なめさせた。

156

シャボン玉

野口雨情

シャボン玉飛んだ　　屋根まで飛んだ
屋根まで飛んで　　こわれて消えた
風　風　吹くな　シャボン玉飛ばそ
シャボン玉消えた　飛ばずに消えた
生まれてすぐに　　こわれて消えた
風　風　吹くな　シャボン玉飛ばそ

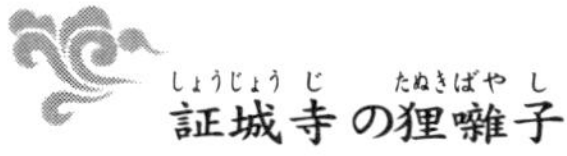

証城寺の狸囃子

野口雨情

証　証　証城寺
証城寺の庭は
つ　つ　月夜だ
みんな出て　来い来い来い
おいらの友だちゃ
ぽんぽこ　ぽんの　ぽん

負けるな　負けるな
和尚さんに　負けるな
来い　来い　来い
来い　来い　来い
みんな出て　来い来い来い

証　証　証城寺
証城寺の萩は
つ　つ　月夜に　花盛り
おいらは浮かれて
ぽんぽこ　ぽんの　ぽん

背くらべ

野口雨情

柱のきずは　　おととしの、
五月五日の　　背くらべ。
粽たべたべ　　兄さんが、
計ってくれた　　背のたけ。
きのうくらべりゃ　　何のこと
やっと羽織の　　紐のたけ。

柱に凭れりゃ　　すぐ見える
遠いお山も　　背くらべ。
雲の上まで　　顔だして、
てんでに背伸していても、
雪の帽子を　　ぬいでさえ、
一はやっぱり　　富士の山。

七つの子

野口雨情

からす　　なぜ鳴くの
からすは山に
可愛七つの
子があるからよ

可愛　　可愛と
からすは鳴くの
可愛　　可愛と
なくんだよ

山の古巣に
行って見て御覧
丸い眼をした
いい子だよ

雪

三好達治

太郎をねむらせ、太郎の屋根に雪ふりつむ。

次郎をねむらせ、次郎の屋根に雪ふりつむ。

▌「測量船」より　［中学2年］

夏が来ぬ

佐々木信綱

卯の花の匂う垣根に、時鳥
　　　　早も来鳴きて、忍音もらす夏は来ぬ。

さみだれのそそぐ山田に、早乙女が
　　　　裳裾ぬらして、玉苗植うる夏は来ぬ。

橘の薫るのきばの窓近く
　　　　蛍飛びかい、おこたり諌むる夏は来ぬ。

棟ちる川べの宿の門遠く、
　　　　水鶏声して、夕月すずしき夏は来ぬ。

五月やみ、蛍飛びかい、水鶏鳴き、
卯の花咲きて、早苗植えわたす夏は来ぬ。

花

武島羽衣

春のうららの隅田川、
のぼりくだりの舟人が
櫂のしずくも花と散る、
眺めを何に喩うべき。

見ずやあけぼの露浴びて、
われにもの言う桜木を、
見ずや夕ぐれ手をのべて、
われさしまねく青柳を。

錦織りなす長堤に
暮るればのぼるおぼろ月。
げに一刻も千金の
眺めを何に喩うべき

俳句

松尾芭蕉

古池やかはず飛びこむ水の音

行く春を近江の人とをしみける

秋深き隣は何をする人ぞ

梅が香にのつと日の出る山路かな

葱白く洗ひたてたる寒さかな

この道や行く人なしに秋の暮れ

旅に病んで夢は枯れ野をかけめぐる

与謝蕪村

春の海ひねもすのたりのたりかな

菜の花や月は東に日は西に

行く春やおもたき琵琶の抱きごころ

五月雨や大河を前に家二軒

地車のとゞろとひゞく牡丹かな

門を出れば我も行人秋のくれ

月天心貧しき町を通りけり

鳥羽殿へ五六騎急ぐ野分かな

白梅に明くる夜ばかりとなりにけり

斧入れて香に驚くや冬木立

葱買て枯木の中を帰りけり

宿かせと刀投出す雪吹哉

小林一茶

我と来て遊べや親のない雀

痩蛙まけるな一茶ここにあり

あの月をとってくれろと泣く子かな

うつくしや障子の穴の天の川

ともかくもあなたまかせの年の暮れ

これがまあつひのすみかか雪五尺

雀の子そこのけそこのけ御馬が通る

我と来て遊べや親のない雀

目出度さもちう位也おらが春

むまさうな雪がふうはりふはり哉

正岡子規

いくたびも雪の深さをたづねけり

糸瓜咲いて痰のつまりし仏かな

痰一斗糸瓜の水も間にあはず

中村草田男

降る雪や明治は遠くなりにけり

焼け跡にのこる三和土や手まりつく

万緑の中や吾子の歯生え初むる

山口誓子

学問のさびしさに堪へ炭をつぐ
つきぬけて天上の紺曼珠沙華
夏草に機罐車の車輪来てとまる

高浜虚子

桐一葉日当りながら落ちにけり
てまりうたかなしきことをうつくしく
流れ行く大根の葉の早さかな

河東碧梧桐

赤い椿白い椿とおちにけり
春寒し水田の上の根なし雲
師走の人中の懐の手の汗

杉田久女

紫陽花に秋冷いたる信濃かな
谺して山ほととぎすほしいまま

夏目漱石

あるほどの菊なげ入れよ棺の中
すみれほどな小さき人に生まれたし

村上鬼城

冬蜂の死にどころなく歩きけり
八重桜地上にゑがく大伽籃
生きかはり死にかはりして打つ田かな

尾崎放哉

足のうら洗へば白くなる
咳をしても一人
入れものが無い両手で受ける

種田山頭火

分け入っても分け入っても青い山
うしろすがたのしぐれてゆくか
どうしようもないわたしが歩いてゐる

短歌

正岡子規

くれなゐの二尺伸びたるばらの芽の針やはらかに春雨のふる
いちはつの花咲きいでてわが目には今年ばかりの春行かんとす
瓶にさす藤の花ぶさみじかければたたみの上にとどかざりけり

若山牧水

白鳥は哀しからずや空の青海のあをにも染まずただよふ
幾山河越えさり行かば寂しさのはてなむ国ぞ今日も旅ゆく
けふもまたこころの鉦をうち鳴しうち鳴しつつあくがれて行く

北原白秋

春の鳥な鳴きそ鳴きそあかあかと外の面の草に日の入る夕
病める児はハモニカを吹き夜にいりぬもろこし畑の黄なる月の出
ヒヤシンス薄紫に咲きにけりはじめて心ふるひそめし日

石川啄木

東海の小島のいその白砂にわれ泣きぬれてかにとたはむる
いのちなき砂のかなしさよさらさらと握れば指のあひだより落つ
友がみなわれよりえらく見ゆる日よ花を買ひ来て妻としたしむ

ふるさとの訛なつかし停車場の人ごみの中にそを聴きにゆく
はたらけどはたらけどなほわが生活楽にならざりぢつと手を見る

伊藤左千夫

牛飼ひが歌詠む時に世の中のあたらしき歌大いに起こる
おりたちて今朝の寒さを驚きぬ露しとしとと柿の落ち葉深く
天地の四方の寄合を垣にせる九十九里の浜に玉拾い居り

与謝野晶子

その子二十櫛にながるる黒髪のおごりの春のうつくしきかな
やは肌のあつき血汐にふれも見でさびしからずや道を説く君
清水へ祇園をよぎる桜月夜こよひ逢ふ人みなうつくしき
海恋し潮の遠鳴りかぞへては少女となりし父母の家
はてもなく菜の花つづく宵月夜母がうまれし国美しき

近藤芳美

たちまちに君の姿を霧とざし或る楽章をわれは思ひき
戦争を拒まむとする学生ら黒く喪の列の如く過ぎ行く

俵万智

「この味がいいね」と君が言ったから七月六日はサラダ記念日
「寒いね」と話しかければ「寒いね」と答える人のいるあたたかさ
白菜が赤帯しめて店先にうっふんうっふん肩を並べる

いろは歌

いろはにほへと	ちりぬるを	色はにほへど	散りぬるを
わかよたれそ	つねならむ	我が世たれぞ	常ならむ
うゐのおくやま	けふこえて	有為の奥山	今日越えて
あさきゆめみし	ゑひもせす	浅き夢見じ	酔ひもせず

▌中学教科書

いろはかるた

	江戸	京都
い	犬も歩けば棒にあたる	一寸先は闇
ろ	論より証拠	論語読みの論語知らず
は	花より団子	針の穴から天井をのぞく
に	憎まれっ子世にはばかる	二階から目薬
ほ	骨折損のくたびれ儲け	仏の顔も三度
へ	屁をひいて尻つぼめ	下手の長談義
と	年寄の冷水	豆腐に鎹
ち	塵もつもれば山となる	地獄の沙汰も金次第
り	律儀者の子沢山	綸言汗のごとし
ぬ	盗人の昼寝	糠に釘
る	瑠璃も玻璃も照せば光る	類をもって集まる
を	老いては子にしたがえ	負うた子に教えられて浅瀬を渡る
わ	割鍋にとじ蓋	笑う門には福きたる
か	かったいの瘡怨み	蛙のつらに水
よ	葭のずいから天井のぞく	夜目遠目傘のうち
た	旅は道連れ夜(世)は情け	立板に水
れ	良薬は口に苦し	連木で腹を切る
そ	惣領の甚六(あるいは順禄)	袖ふりあうも他生の縁
つ	月夜に釜をぬく	月夜に釜をぬく
ね	念には念を入れ	猫に小判
な	泣面に蜂	なす時の閻魔顔
ら	楽あれば苦あり	来年の事をいえば鬼が笑う

む	無理が通れば道理ひっ込む	馬の耳に風
う	嘘から出た誠	氏より育ち
ゐ	芋の煮えたの御存知ないか	鰯の頭も信心から
の	咽元過れば熱さ忘るる	鑿といえば小槌
お	鬼に金棒	鬼も十八
く	臭い物には蓋をする	臭い物には蠅がたかる
や	安物買いの銭失い	暗夜に鉄砲
ま	負けるは勝ち	播かぬ種は生えぬ
け	芸は身を助ける	下駄に焼味噌
ふ	文はやりたし書く手は持たぬ	武士は喰わねど高楊枝
こ	子は三界の首っかせ	これに懲りよ道斉坊
え	えてに帆を上げ	縁の下の力持ち
て	亭主の好きな赤烏帽子	寺から里へ
あ	頭かくして尻かくさず	足の下から鳥が立つ
さ	三遍まわって煙草にしょ	竿のさきに鈴
き	聞いて極楽見て地獄	義理とふんどしかかねばならぬ
ゆ	油断大敵	幽霊の浜風
め	目の上のたん瘤	目くらの垣のぞき
み	身から出た錆	身は身で通る裸ん坊
し	知らぬが仏	しわん坊の柿の種
ゑ	縁は異なもの味なもの	縁と月日
ひ	貧乏ひまない	瓢箪から駒
も	門前の小僧習わぬ経を読む	餅は餅屋
せ	背に腹はかえられぬ	聖は道によりて賢し
す	粋は身を食う	雀百まで踊忘れず
京	京の夢大阪の夢	京に田舎あり

早口言葉

生麦生米生卵

赤巻紙青巻紙黄巻紙

京の生鱈奈良生まな鰹

隣の客はよく柿食う客だ

竹屋にたけ高い竹立てかけた

特許許可する東京特許許可局

坊主が屏風に上手に坊主の絵をかいた

小米の生噛み小米の生噛みこん小米の小生噛み

蛙ぴょこぴょこ三ぴょこぴょこ合わせてぴょこぴょこ六ぴょこぴょこ

付け足し言葉

驚き桃の木山椒の木

あたりき車力よ車曳き

蟻が鯛なら芋虫や鯨

嘘を築地の御門跡

恐れ入谷の鬼子母神

おっと合点承知之助

その手は桑名の焼蛤

何か用か九日十日

何がなんきん唐茄子かぼちゃ

五行（ごぎょう）

木（もく）　火（か）　土（ど）　金（ごん）　水（すい）

十干（じっかん）

甲（こう）　乙（おつ）　丙（へい）　丁（てい）　戊（ぼ）　己（き）　庚（こう）　辛（しん）　壬（じん）　癸（き）

十二支（じゅうにし）

子（ね）　丑（うし）　寅（とら）　卯（う）　辰（たつ）　巳（み）　午（うま）　未（ひつじ）　申（さる）　酉（とり）　戌（いぬ）　亥（い）

十二ヶ月（じゅうにげつ）

睦月（むつき）　如月（きさらぎ）　弥生（やよい）　卯月（うづき）　皐月（さつき）　水無月（みなづき）
文月（ふ（み）づき）　葉月（はづき）　長月（ながつき）　神無月（かんなづき）　霜月（しもつき）　師走（しわす）

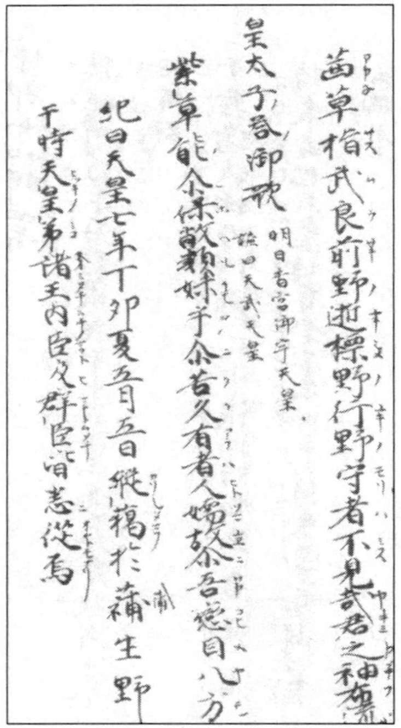

■ 니혼쇼키 日本書紀

■ 만요슈 万葉集

■ 만요슈 万葉集

■ 다케토리모노가타리 竹取物語

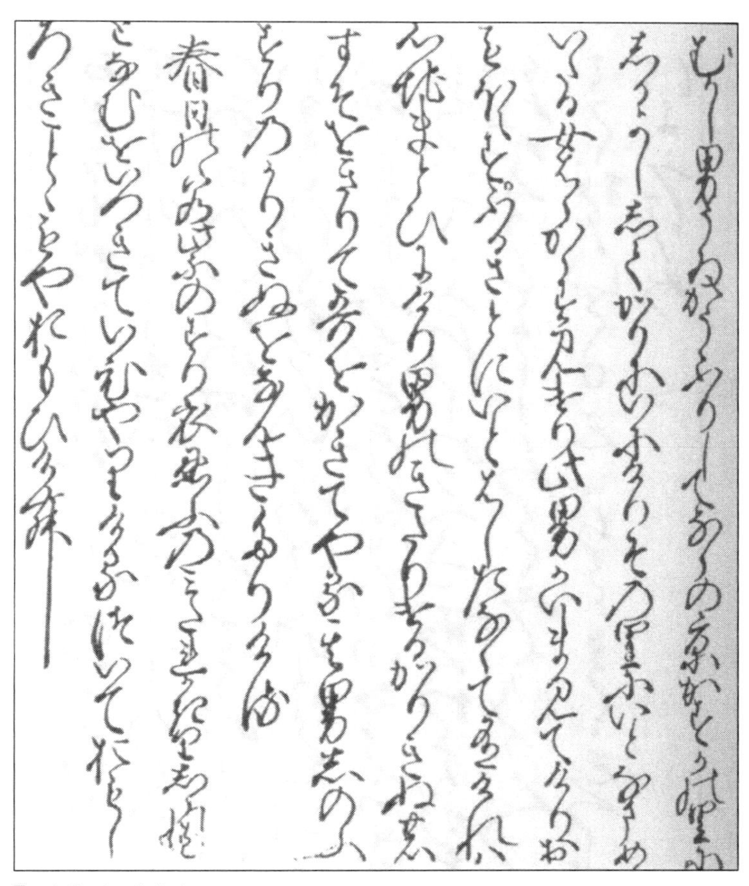

■ 이세모노가타리 伊勢物語

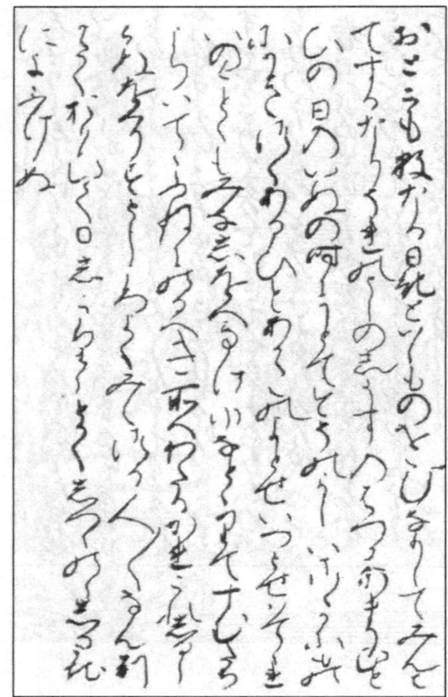

■ 도사닛키 土佐日記

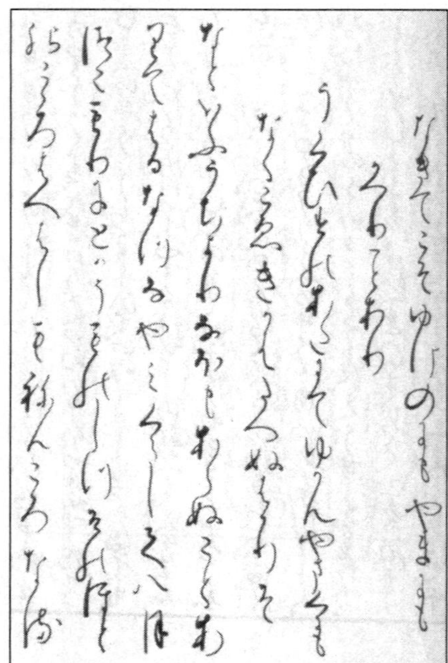

■ 가게로닛키 蜻蛉日記

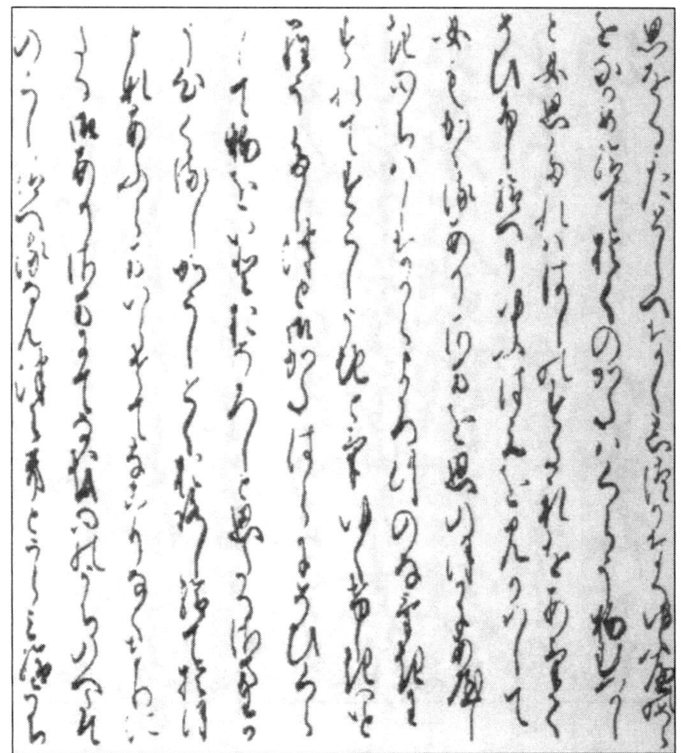

겐지모노가타리 源氏物語

■ 겐지모노가타리 源氏物語

■ 이즈모구니후도키 出雲国風土記

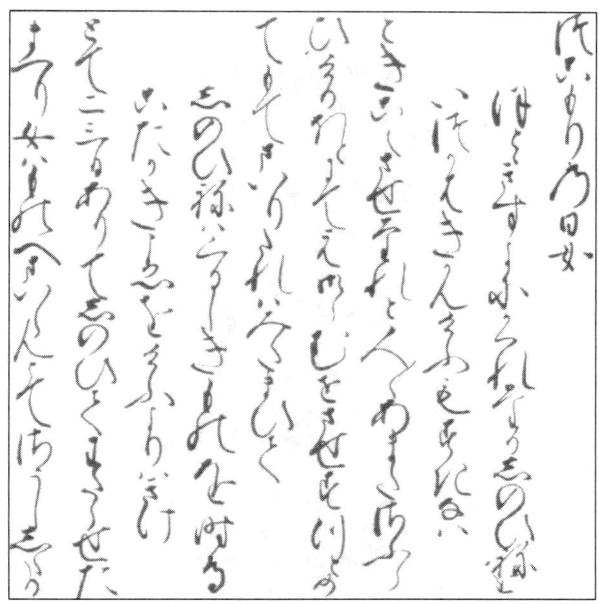

■ 이즈미시키부닛키 和泉式部日記

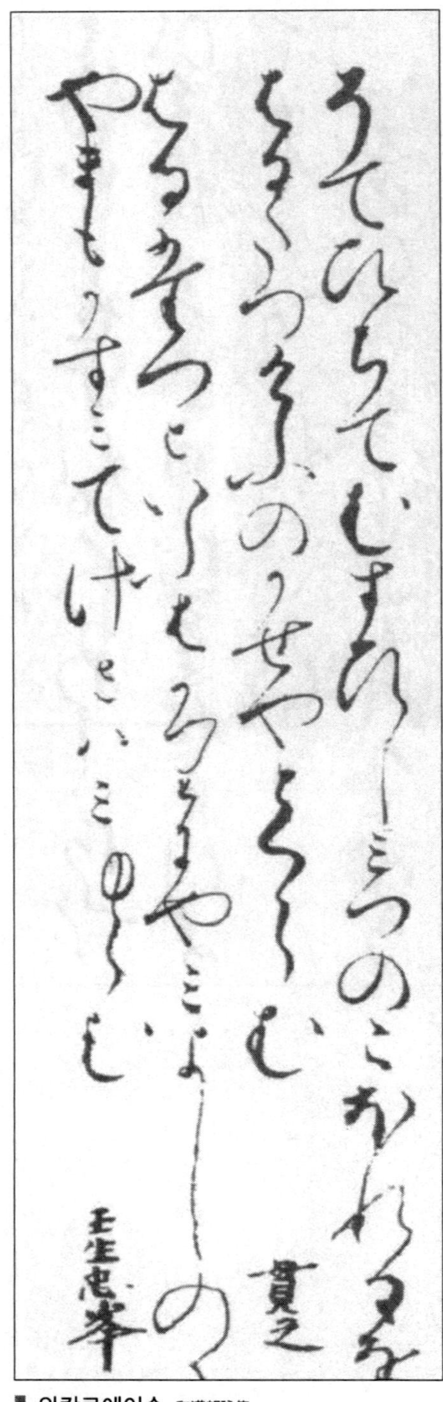

■ 와칸로에이슈 和漢朗詠集　　　　■ 와칸로에이슈 和漢朗詠集

日沙汀紅鯉白鷺小橋小舡平生所好盡在
中兒乎春有芳岸之柳細煙嫋娜夏有
北戸之竹清風颯爽秋有西窓之月可以被書
蒼有南簷之日可以矢背予行年漸垂五旬
過有少宅蝸牛其舍風樂其縫鶉住小枝不
望鄧林之大蛙在曲井不知滄海之寛家主

■ 혼죠몬즈이　本朝文粋

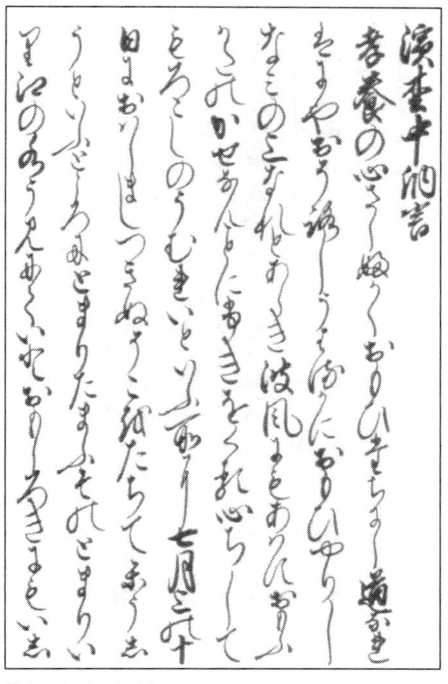

■ 쓰쓰미츄나곤모노가타리　堤中納言物語

■ 하마마쓰츄나곤모노가타리　浜松中納言物語

■ 사고로모모노가타리 狭衣物語

■ 에이가모노가타리 栄花物語

■ 오오카가미 大鏡

■ 곤자쿠모노가타리 今昔物語

■ 고혼세쓰와슈 古本説話集

表紙

巻第一巻頭

振り仮名つき活字

▍ **다이헤이기** 大平記

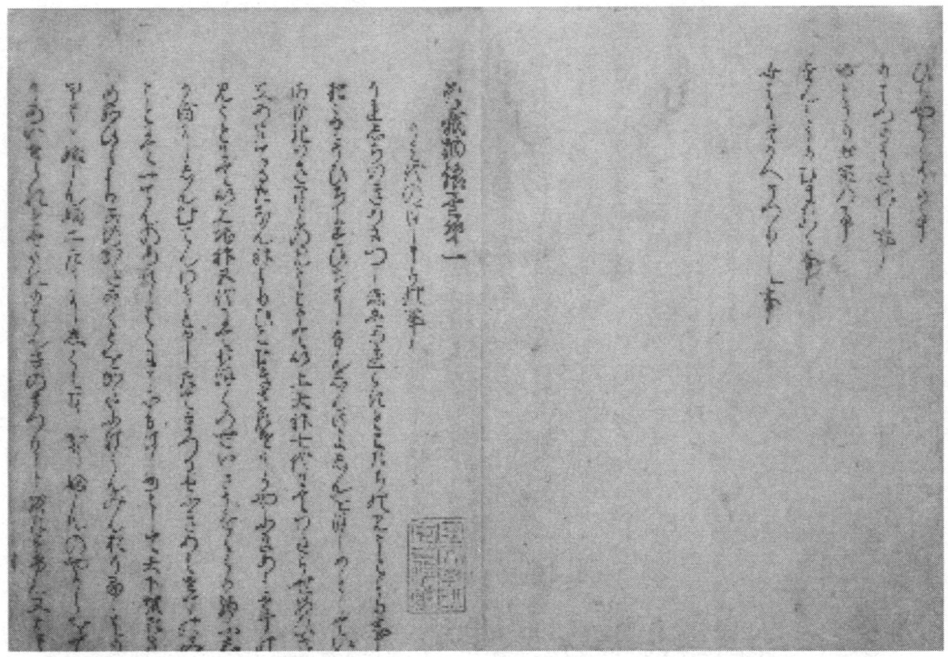

■ 소가모노가타리 曾我物語

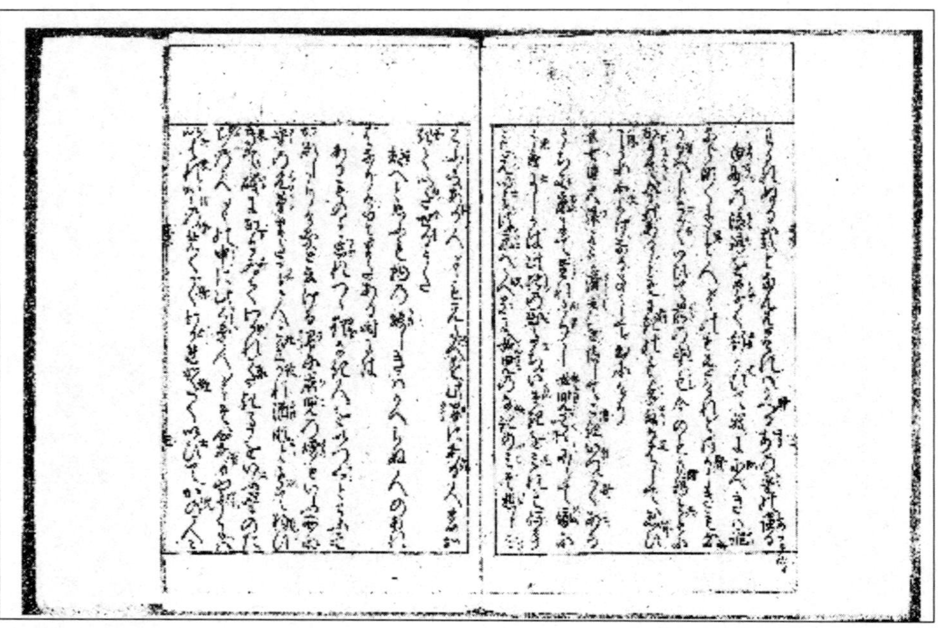

■ 도사닛키 土佐日記

■ 호겐헤이지에모노가타리 保元平治絵物語

■ 与謝野晶子自筆原稿 『新新訳源氏物語』「桐壺」堺市(堺市立文化館与謝野晶子文芸館)蔵

■ 江戸名所

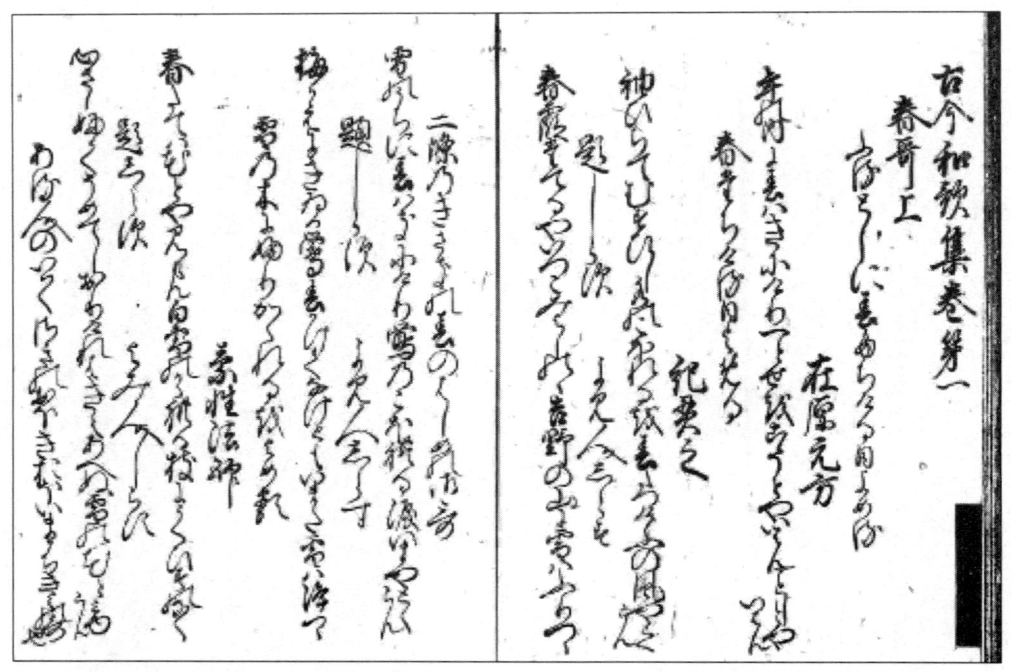

■ 二十一代集 (古今和歌集1-2ページ)

184

十九　反正天皇
廿一　安康天皇
廿三　清寧天皇
廿五　顕宗天皇
廿七　武烈天皇
廿九　安閑天皇
卅一　欽明天皇

廿　允恭天皇
廿二　雄略天皇
廿四　飯豊天皇
廿六　仁賢天皇
廿八　継体天皇
卅　宣化天皇

▌ 歴史物語 (水鏡2-3ページ)

▌ 井原西鶴 (新編歌俳百人撰)

▌ 蝉丸 (若鶴百人一首)

▌ 日本武尊 (大日本国開闢由来記)

▌源義経 (集古十種)

▌紫式部 (百人一首図絵)

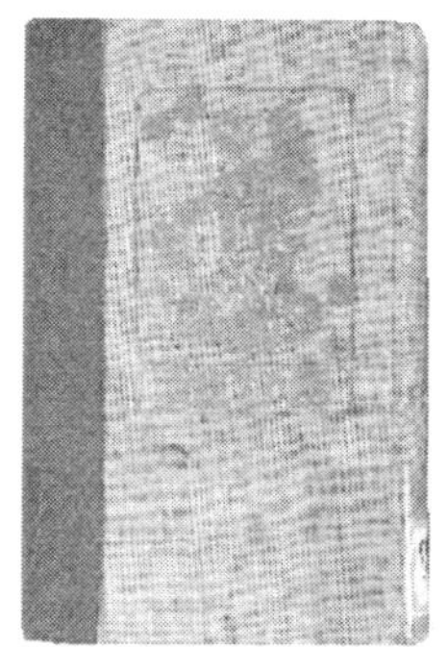

■ 舞姫　森鷗外

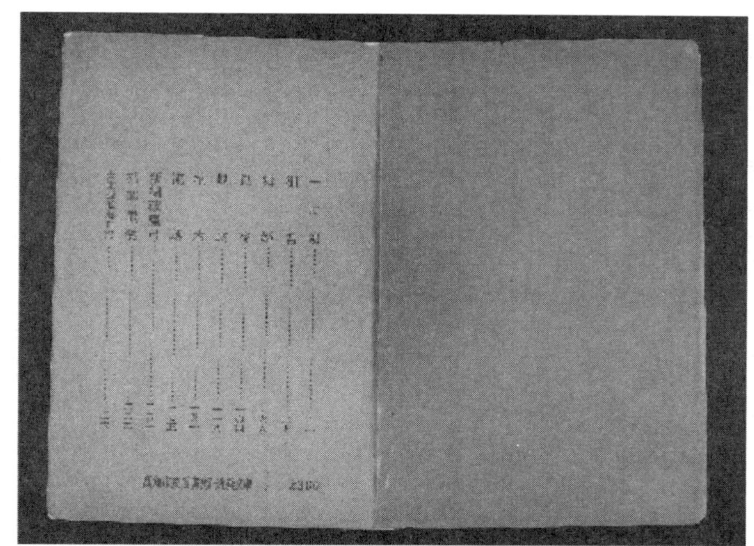

■ 『国民の友』 목차

■ 浮雲　二葉亭四迷

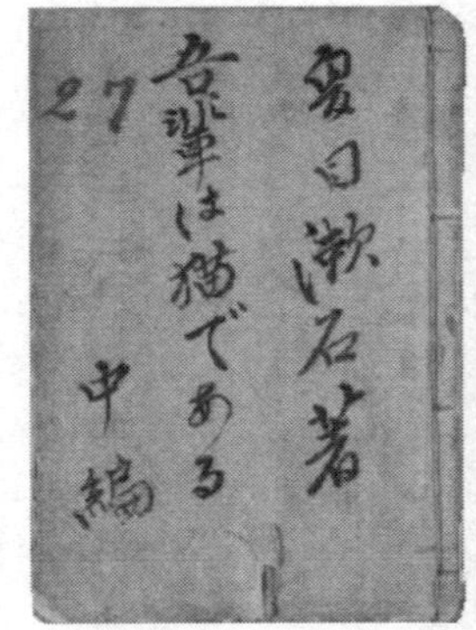

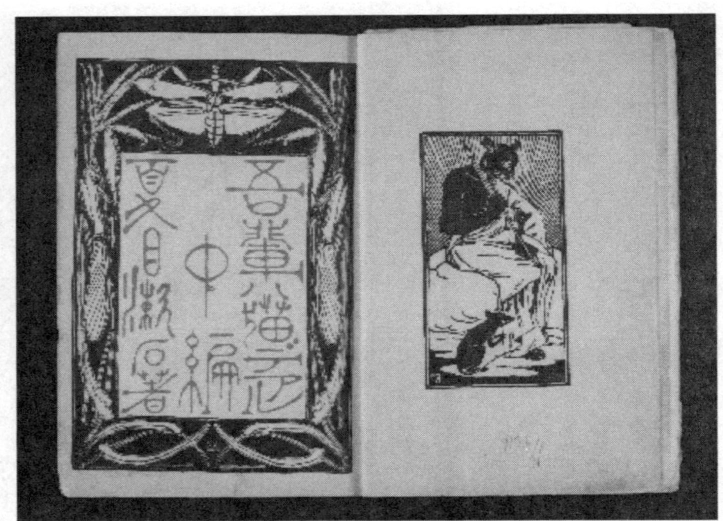

▌ 吾が輩は猫である　夏目漱石

▌ 若菜集, 島崎藤村

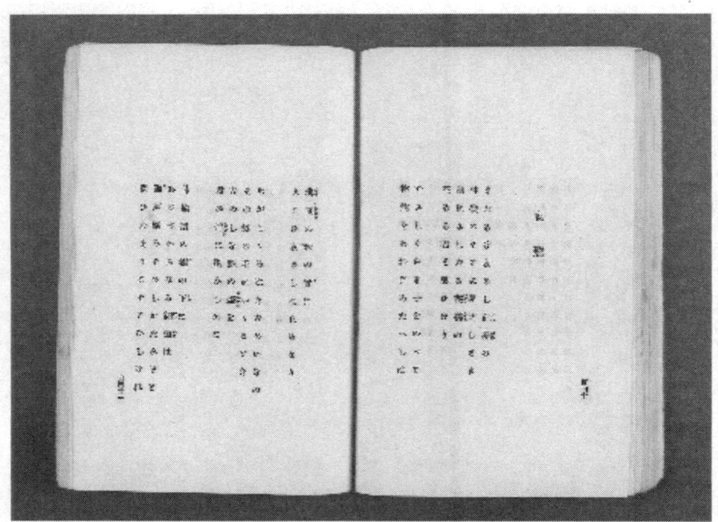

▌ 初恋, 島崎藤村

■ 或る女, 有島武夫

■ 与謝野晶子集

■ 青猫

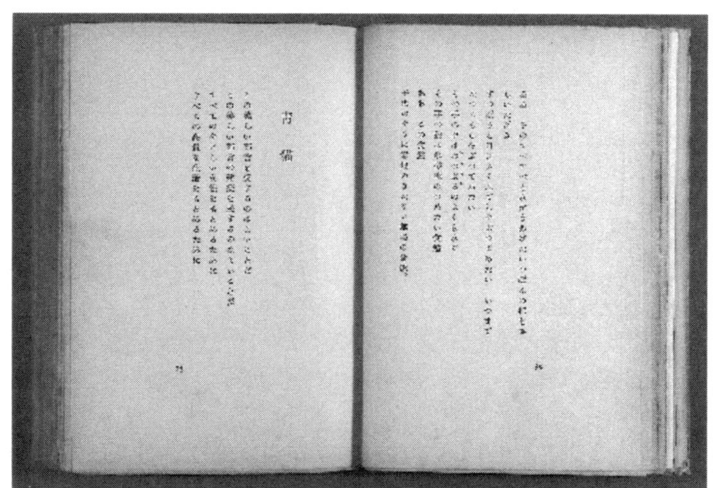

■ 青猫, 萩原朔太郎

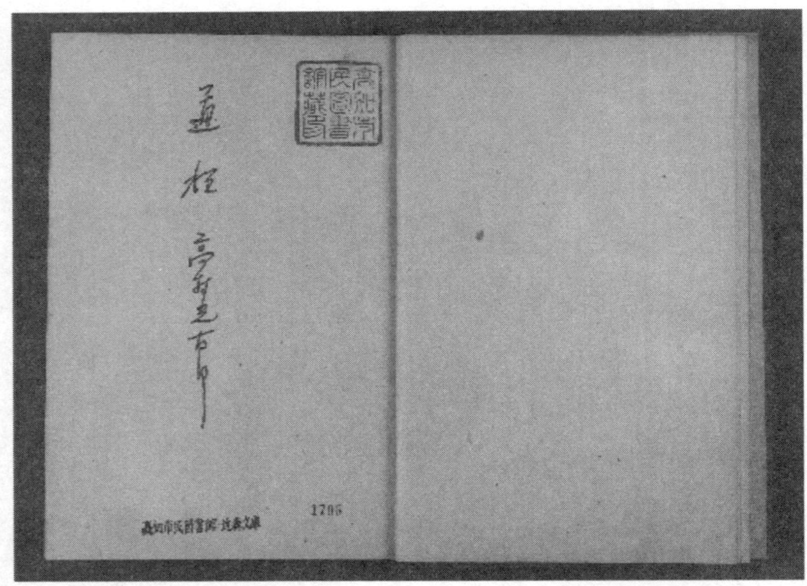

▌道程, 高村光太郎

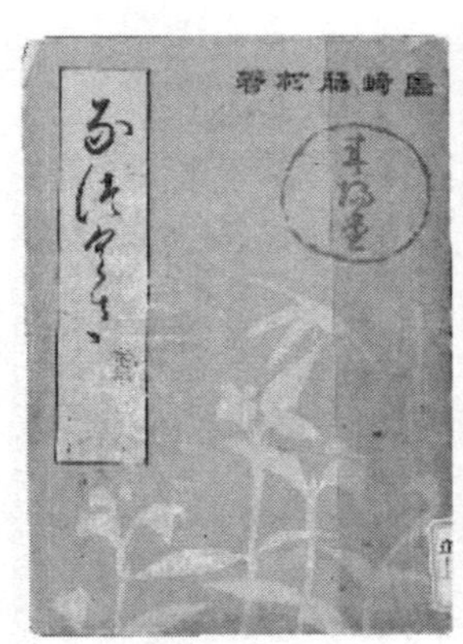

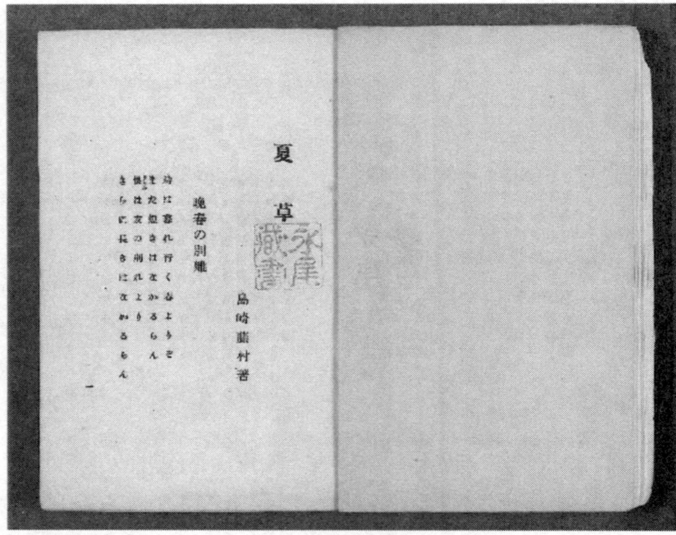

▌夏草, 島崎藤村

색인

(ㄱ)

가가코의 집鏡子の家   109
가게로닛키蜻蛉日記   15, 23
가구야공주이야기竹取物語   9
가네코 미스즈金子みすず   114, 115, 116, 117, 118
가네코 미쓰하루金子光晴   119, 121
가면의 고백仮面の告白   108
가모노 쵸메이鴨長明   29, 32, 33
가와바타 야스나리川端康成   96, 98
가와이소라河合曽良   35
감을 먹으면   125
감자죽芋粥   79
개조改造   61, 102
거미줄蜘蛛の糸   79
겐지이야기源氏物語   17, 20, 21, 22, 23
계어季語   124
고바야시 잇사小林一茶   123, 125
고야히지리高野聖   83
고조노가미사마小僧の神様   61
고쿠민노토모国民之友   54
고향古都   96
곤쟈쿠모노가타리슈今昔物語集   79
군키모노가타리軍記物語   25
귤蜜柑   82
그 모습其面影   49
그저께 받을   125
근대노가쿠집近代能楽集   108
금각사金閣寺   108, 109
금성金の星   114
기노츠라유키紀貫之   15
기러기雁   53
기레지切字   124

기리쓰보桐壺 고이更衣   22
기요하라노 모토스케清原元輔   17
기타무라 키깅北村季吟   35
기타하라 하쿠슈北原白秋   74, 75, 110
꽁치의 노래秋刀魚の歌   73

(ㄴ)

나가이 가후永井荷風   76, 77
나는 고양이로소이다吾が輩は猫である   58, 60
나비를 꿈꾸다蝶を夢む   110
나쓰메 소세키夏目漱石   58
나카라이 도수이半井桃水   66
나카무라 신이치로中村真一郎   102
나카지마 우타코中島歌子   66
노벨 문학상   96
노정道程   127, 128
녹호관鹿鳴館   108
뇨보삼십육가선女房三十六歌仙   20
눈이 녹아서   125
닌교죠루리人形浄瑠璃   41, 44

(ㄷ)

다니자키 준이치로谷崎潤一郎   72, 73, 99
다자이 오사무太宰治   105
다치바나 미치조立原道造   102
다치바나노 노리미쓰橘則光   17
다카무라 고타로高村光太郎   127, 128
다테노가이楯の会   108
단시형문학短詩型文学   124
달려라 메로스走れメロス   105
달에게 울부짖는다 — 月に吠える   110
당대서생기질当世書生気質   49

대나무竹 113
대나무 장수 할아버지 이야기竹取翁物語 8
덤불 속藪の中 79
데이시定子 17, 18
데즈카 오사무手塚治虫 14
도련님坊っちゃん 59
도사닛키土佐日記 15
도시슌杜子春 79, 81
동화童話 114
두자춘전杜子春伝 81
뜬 구름浮雲 49, 50

(ㄹ)

류손 선생柳村先生 77
리얼리즘 50

(ㅁ)

마루오카 아키라丸岡明 102
마사오카 시키正岡子規 58, 123, 124, 125
마이히메논쟁舞姫論争 54
마조히즘Masochism 99
마츠오 바쇼松尾芭蕉 35, 36
마쿠라노소시枕草子 17, 18, 29, 32
만년晩年 105
만요슈万葉集 9
맨드라미가 125
메아리일까요?こだまでしょうか 114, 115, 116
명암明暗 58
모리 오가이森鷗外 53, 54, 55, 77
무라사키시키부紫式部 20
무라사키시키부닛키紫式部日記 15
무라사키우에紫上 22
무뢰파無頼派 105
무샤노코지 사네아쓰武者小路実篤 93
무희舞姫 54
문예간담회상文芸懇話会賞 97
문예구락부文芸倶楽部 66
문예시대文藝時代 96, 98
문예춘추文藝春秋 102
문학계文学界 66

미시마 유키오三島由起夫 108, 109
미야자와 겐지宮沢賢治 86, 89
미야코노하나都の花 50
밀회あひびき 49

(ㅂ)

바람의 마타사부로風の又三郎 91
바람이 일다風立ちぬ 102
부인구락부婦人倶楽部 114
부인화보婦人画報 114
분라쿠文楽 41
불새火の鳥 14
비에도 지지 않고雨ニモマケズ 86, 87, 89
비와호시琵琶法師 26

(ㅅ)

사드 후작부인サド侯爵夫人 108
사라시나닛키更級日記 15, 23
사랑은 아낌없이 빼앗는다惜みなく愛は奪ふ 93
사사메유키細雪 99
사소설私小説 102
사양斜陽 105
사이죠 야소西條八十 114
사카구치 앙고坂口安吾 105
사토 하루오佐藤春夫 70, 71, 72
산다는 것生きること 117, 118
산소리山の音 96
산쇼다유山椒大夫 55
설국雪国 96
세와모노죠루리世話物浄瑠璃 41
세이쇼나곤清少納言 17, 18, 19, 29
세이쇼나곤슈清少納言集 17
소네자키신쥬曽根崎心中 41
소년의 날少年の日 73
소설총론小説総論 49
소학여성小学女生 74
쇼쿠센자이슈續千載集 29
슌킨이야기春琴抄 99
스가와라노 다카스에菅原孝標 23
스가와라노 다카스에노 무스메菅原孝標女 23

스가와라노 미치자네菅原道真   23
스바루スバル   53
스즈키 미에키치鈴木三重吉   79
시가 나오야志賀直哉   61, 93
시가라미조시しがらみ草紙   53
시라카바白樺   93
시라카바白樺파   61
시마자키 도손島崎藤村   63
시키테이 삼바式亭三馬   45, 48
신감각파   96
신여원新女苑   103
신조新潮   82, 103, 105, 109
신조사新潮社   105
신희작파新戲作派   105
십삼야十三夜   66
쓰가루津軽   105
쓰보우치 쇼요坪內逍遙   49, 50

(ㅇ)

아리시마 다케오 초사쿠슈有島武郎著作集   94
아리시마 다케오有島武郎   93
아리와라노 나리히라在原業平   11
아와레あはれ   19
아카이도리赤い鳥   79, 81
아쿠타가와 류노스케芥川龍之介   79
아쿠타가와芥川   14
암야행로暗夜行路   61
야 치지 마라   125
야윈 개구리   125
야자키 세쓰오矢崎節夫   114
야행순경夜行巡査   83
어떤 여자或る女   93
어떤 여자의 인상或る女のグリンプス   93
오구라햐쿠닌잇슈小倉百人一首   21
오다 사쿠노스케織田作之助   105
오자키 고요尾崎紅葉   83
오카시をかし   19
오쿠노호소미치奥の細道   35
오토기바나시御伽噺   9
와카나슈若菜集   63

외과실外科室   83
요람가揺籃歌   74
요사 부손与謝蕪村   124
요시다 켄코吉田兼好   29
요코미쓰 리이치横光利一   96
우국憂国   108
우라베켄코卜部兼好   29
우울한 고양이青猫   110, 111, 112
우지슈이모노가타리宇治拾遺物語   79
우키요도코浮世床   45
우키요부로浮世風呂   45
유리문 안에서硝子戸の中   58
유메쥬야夢十夜   59
이세모노가타리伊勢物語   11, 14, 66
이시가와 준石川淳   105
이시바시 닌겐쓰石橋忍月   54
이즈미 교카泉鏡花   83
이즈미시키부닛키和泉式部日記   15
이즈의 무희伊豆の踊子   96, 98
이치요닛키一葉日記   66
이치죠천황一条天皇   17, 21
이타·섹스아리스ヰタ·セクスアリス   53
인간실격人間失格   105
일본동요집日本童謡集   114

(ㅈ)

자장가揺籃の歌   74, 75
잠자는 미녀眠れる美女   96
재난震災   76, 77
정본 우울한 고양이定本青猫   110
정환고鄭還古   81
종이학千羽鶴   96
중고삼십육가선中古三十六歌仙   20
중앙공론中央公論   99
지에코이야기智恵子抄   127
지옥변地獄変   79

(ㅊ)

첫사랑初恋   62, 64
쵸메이長明   32

츠레즈레구사徒然草　　　　　　　　29, 32
치인의 사랑痴人の愛　　　　　　　　99
치카마츠 몬자에몽 近松門左衛門　　41
치카마츠 몬자에몽近松門左衛門　　41, 43
칙선집勅撰集　　　　　　　　　　　25, 26

（ㅋ）

카부키歌舞伎　　　　　　　　　　　41
카인의 후예カインの末裔　　　　　　93
켄코兼好　　　　　　　　　　　　　30
켄코호시兼好法師　　　　　　　　　29
켄코호시가슈兼好法師歌集　　　　　29
쿠사가와 싱草川信　　　　　　　　　74
쿠사메이큐草迷宮　　　　　　　　　83
키 재기たけくらべ　　　　　　　　　66
키노사키에서城の崎にて　　　　　　61

（ㅌ）

타이라노 마사카도平将門　　　　　　27
타이라노 키요모리平清盛　　　　　　27
타이라노 타다노리平忠度　　　　　　25
톱니바퀴歯車　　　　　　　　　　　79

（ㅍ）

파도소리潮騷　　　　　　　　　　　108
평범平凡　　　　　　　　　　　　　49
풍어大漁　　　　　　　　　　　114, 115
풍요의 바다豊饒の海　　　　　　　　108

（ㅎ）

하기와라 사쿠타로 시집萩原朔太郎詩集　110
하기와라 사쿠타로萩原朔太郎　109, 111, 112
하이카이시俳諧師　　　　　　　　　35, 123
하이쿠俳句　　　　　　　　　　　　124
하쿠로시대白露時代　　　　　　　　74
해변의 사랑海辺の恋　　　　　　　　70, 71
해후めぐりあひ　　　　　　　　　　49
헤이케모노가타리平家物語　　　　　25, 32
헨키캉긴소偏奇館吟草　　　　　　　77
호리 다쓰오堀辰雄　　　　　　　　　102

호죠키方丈記　　　　　　　　　　　29, 32
호토토기스ホトトギス　　　　　58, 59, 60
화해和解　　　　　　　　　　　　　61
후지富士　　　　　　　　　　　119, 121
후지쓰보藤壺　　　　　　　　　　　22
후지와라노 노부다카藤原宣孝　　　　21
후지와라노 쇼시藤原彰子　　　　　　21
후지와라노 타메토키藤原為時　　　　21
후쿠나가 다케히코福永武彦　　　　　102
후타바테이 시메이二葉亭四迷　　　49, 50
흐린 강にごりえ　　　　　　　　　　66
히구치 이치요樋口一葉　　　　　　　66, 67
히로쓰 류로廣津柳浪　　　　　　　　76
히카루겐지光源氏　　　　　　　　　20, 22

（기타）

やせ蛙　　　　　　　　　　　　　　125
やれ打つな　　　　　　　　　　　　125
をとゝひの　　　　　　　　　　　　125
柿くへば　　　　　　　　　　　　　125
雪とけて　　　　　　　　　　　　　125
鶏頭の　　　　　　　　　　　　　　125

저자약력

최순육

· 이화여자고등학교 졸업
· 연세대학교 신학과 졸업
· 일본 도시샤대학 영문학과 졸업
· 중앙대학교 일어일문학과 석사졸업
· 중앙대학교 일어일문학과 박사졸업(문학박사)
· 일본 도시샤대학 일본어·일본문화교육센터 초빙교수
· 현 서울신학대학교 일본어과 교수
      서울신학대학교 일본연구소 소장

노희진
· 일본 도시샤대학 국문학과 졸업
· 경희대학교 일어일문학과 석사졸업
· 경희대학교 일어일문학과 박사졸업(문학박사)
· 현 서울신학대학교·경희대학교·국제사이버대학교 출강 중

일본문학의 이해

초판인쇄   2014년 5월 15일
초판발행   2014년 5월 30일

저   자   최순육·노희진
발 행 처   제이앤씨
등록번호   제7―220호

책임편집   김선은

우편주소   132 – 040 서울시 도봉구 창동 624 – 1 현대홈시티 102 – 1106
대표전화   (02) 992 – 3253
팩시밀리   (02) 991 – 1285
전자우편   jncbook@hanmail.net

ⓒ 최순육·노희진, 2014. Printed in KOREA

ISBN 978 – 89 – 5668 – 431 – 4 13830   정가 13,000원